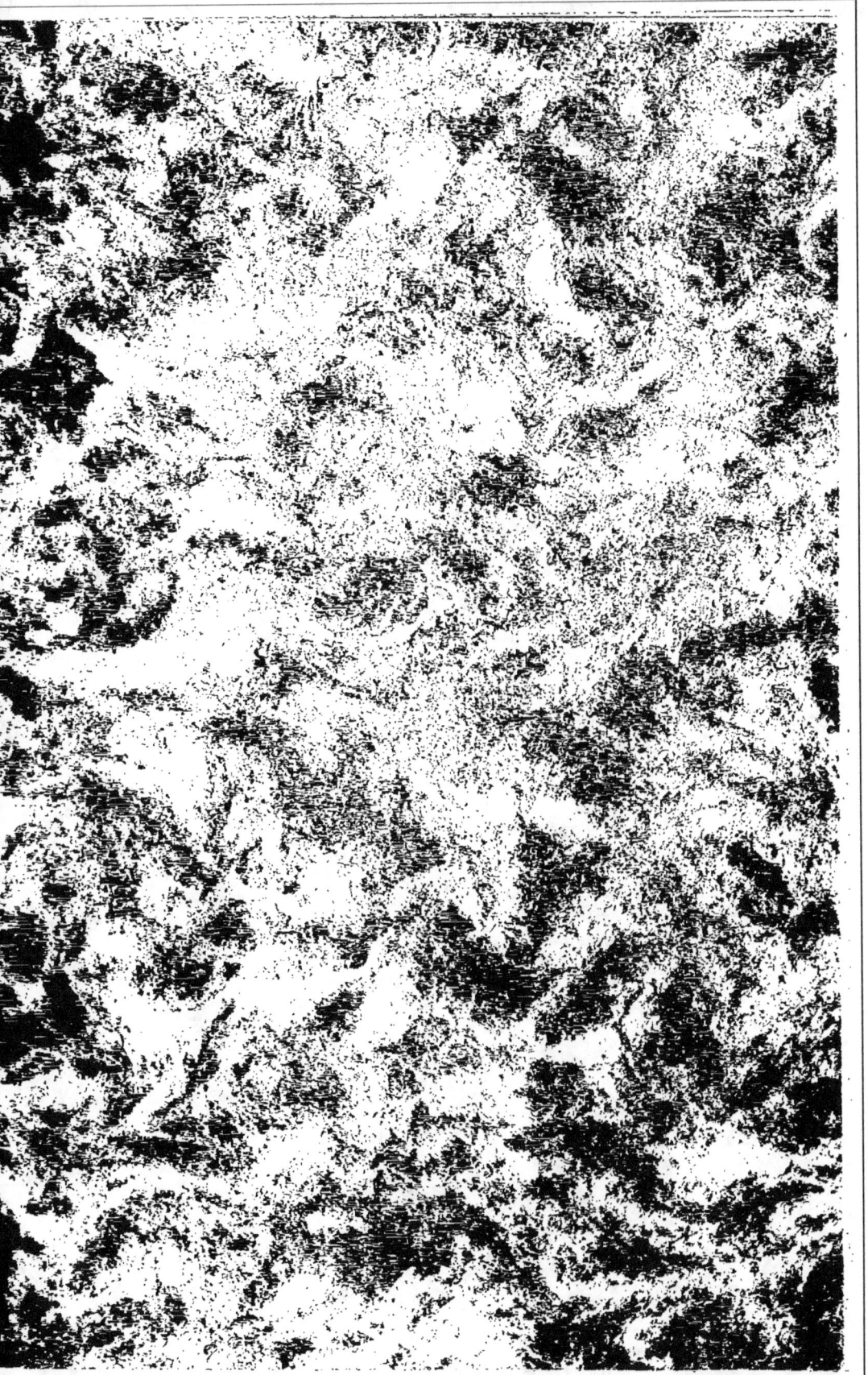

MADAME

LA COMTESSE

DE GENLIS

SA VIE, SON ŒUVRE, SA MORT

(1746-1830)

D'après des documents inédits

PAR

HONORÉ BONHOMME

PARIS

LIBRAIRIE DES BIBLIOPHILES

Rue Saint-Honoré, 338

—

M DCCC LXXXV

MADAME DE GENLIS

TIRAGE A PETIT NOMBRE

Il a été tiré en plus :

100 exemplaires sur papier de Hollande.
20 — sur papier de Chine.
20 — sur papier Whatman.

140 exemplaires, numérotés.

MADAME

LA COMTESSE

DE GENLIS

SA VIE, SON ŒUVRE, SA MORT

(1746-1830)

D'après des documents inédits

PAR

HONORÉ BONHOMME

PARIS

LIBRAIRIE DES BIBLIOPHILES

Rue Saint-Honoré, 338

M DCCC LXXXV

MADAME DE GENLIS

I

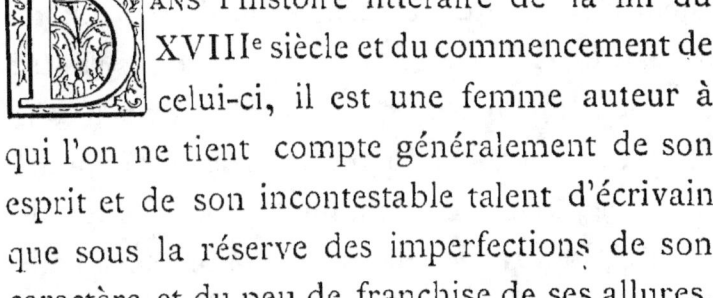ANS l'histoire littéraire de la fin du XVIIIe siècle et du commencement de celui-ci, il est une femme auteur à qui l'on ne tient compte généralement de son esprit et de son incontestable talent d'écrivain que sous la réserve des imperfections de son caractère et du peu de franchise de ses allures. Cette femme est la comtesse de Genlis.

Jugée avec une extrême sévérité par quelques-uns de ses contemporains et de ses pairs, en tête desquels figurent le comte de Tilly, la

baronne d'Oberkirch, le comte de Clermont-
Gallerande, M. de Sevelinges, etc. [1], elle ne
trouva pas beaucoup plus de bienveillance et de
sympathie parmi les hommes de lettres proprement dits : car il était dans ses destinées de se
faire des ennemis un peu partout, de soulever
contre elle tour à tour et quelquefois en même
temps le parti philosophique tout entier et les
représentants de l'ancienne aristocratie.

Douée de brillants avantages au physique
comme au moral, elle s'en montrait jalouse et
s'attaquait trop souvent aux femmes qui pou-
vaient lui disputer le sceptre de l'esprit ou de
la beauté. Elle dirigeait aussi ses coups contre
les encyclopédistes, qu'elle poursuivit à ou-
trance, surtout vers la fin de la seconde moitié
de sa vie; mais, par malheur, à l'imitation de
son ami La Harpe, elle brûlait alors ce qu'elle
avait adoré, car elle s'était enrôlée tout d'abord
sous la bannière de ces hardis novateurs, et sa

---

1. Voir les *Mémoires* des trois premiers personnages et le
volume publié par le dernier sous le titre de *Madame la comtesse de Genlis en miniature :* Paris, Dentu, 1826, in-8°.

sympathie pour les idées nouvelles était même allée jusqu'à recevoir chez elle les principaux coryphées de la Révolution : Mirabeau, Pétion, Barrère, Brissot, Camille Desmoulins, etc. Les choses en vinrent au point que dans le camp opposé, et, plus tard, parmi les émigrés dont elle partagea l'exil, comme nous l'expliquerons, on ne l'appela plus que la *Citoyenne* de Genlis, et même la *Jacobine* [1].

Au surplus, si elle eut des ennemis, elle eut aussi des prôneurs, des apologistes, La Harpe d'abord, dont elle avait cependant tracé un portrait presque odieux dans les *Veillées du château*; Grimm a fait aussi l'éloge de quelques-uns de ses ouvrages, de même que Gaillard (*Journal des savants*), Pieyre et Briffaut; Mme de Staël elle-même, qui avait été critiquée par elle avec peu de mesure et de justice, la mettait au rang des meilleurs romanciers. « Mme de Genlis m'a attaquée, disait noblement cette femme illustre; je l'ai louée : c'est

---

1. Voir *les Femmes célèbres de 1789 à 1795*, par Lairtullier, Paris, 1840, 2 vol. in-8°, t. I, p. 18, et la *Biographie* Rabbe.

ainsi que nos correspondances se sont croi-
sées. »

De son côté, Sainte-Beuve ne l'a pas flattée
dans l'article qu'il lui a consacré; il ne s'en est
pas fait non plus le détracteur, et s'est à peu
près borné à la juger au point de vue pédago-
gique. Quant à nous, nous voudrions étendre
notre étude au delà et chercher dans Mme de
Genlis non seulement le professeur et la femme
de lettres, mais encore la femme politique, et
surtout la gouvernante des enfants du duc d'Orléans dans ses relations avec ce prince et sa
famille; en d'autres termes, à l'aide de documents nouveaux que nous avons en portefeuille, faire sur elle un travail d'ensemble, une
monographie qui n'a pas encore été tentée, et
cela sans tenir compte des sympathies ou des
antipathies que son nom peut réveiller autour
d'elle; en un mot, tâcher de crayonner son portrait en pied avec indépendance et impartialité,
sans nous laisser distraire de ce que nous croi-
rons être la vérité par des préventions d'aucune
sorte.

Née le 25 janvier 1746, dans une petite terre qu'habitait sa famille, Stéphanie-Félicité Ducrest, connue d'abord sous le nom de Saint-Aubin, qui était celui d'un marquisat acheté par son père à peu de distance de Bourbon-Lancy, montra, dès l'âge le plus tendre, une intelligence vive, ouverte, un goût décidé pour la littérature; mais elle fut élevée avec une telle négligence, avec une si grande frivolité, qu'elle-même a dit que son éducation avait été *extraordinaire*.

Bien extraordinaire, en effet. A peine sut-elle assembler ses lettres qu'elle fit de la *Clélie* de Mlle de Scudéry et du théâtre de Mlle Barbier ses lectures favorites. Du reste, la comédie, la tragédie et l'opéra-comique variaient les plaisirs du château de Saint-Aubin, et la jeune Stéphanie y jouait souvent un rôle. Dans une espèce d'opéra-comique composé par sa mère[1], qui, au dire de sa fille, faisait de très

---

1. C'est par erreur que, dans la *Biographie* de Larousse, on a attribué à la jeune Stéphanie, qui n'avait alors que six ans, la composition de cette pièce. Mme Ducrest composait aussi

1.

jolis vers, quoiqu'elle ne connût pas parfaitement les règles de la poésie, Stéphanie repré-
senta l'*Amour*. « Je n'oublierai jamais, dit-elle
dans ses *Mémoires*, que, dans le prologue,
mon habit d'*Amour* étoit couleur de rose, re-
couvert de dentelle de point parsemée de petites
fleurs artificielles de toutes couleurs ; il ne me
venait que jusqu'aux genoux ; j'avais de petites
bottines couleur de paille et argent, mes longs
cheveux abattus et des ailes bleues. »

Passe encore pour ce travestissement qui, vu
le cas, était de situation, approprié à la circonstance ; mais elle en fit bientôt son costume
ordinaire, elle eut son habit d'*Amour* pour les
jours ouvriers et son habit d'*Amour* du dimanche. Seulement ce jour-là, pour aller à l'église,
on lui ôtait ses ailes qu'on lui remettait ensuite,
et elle allait se promener dans cet équipage,
c'est-à-dire « avec tout son attirail d'*Amour*,
un carquois sur l'épaule et un arc à la main ».

---

dès romans : *le Danger des liaisons, Lettres de deux jeunes
personnes*, etc. — Voir *Mémoires* de Mme de Genlis, t. I,
p. 63 et 182.

Ce n'est pas tout. Mêlant le sacré et le profane, le religieux et le romanesque, elle suivait, habillée en *Ange,* toutes les processions de la Fête-Dieu.

Cette espèce d'exhibition carnavalesque dura longtemps sans qu'on songeât à donner à la jeune fille des goûts solides, des occupations en rapport avec son sexe et ses aptitudes. Elle grandit donc *au milieu des jeux et des ris,* comme on disait alors, et, même après qu'elle eut été reçue chanoinesse au chapitre noble d'Alix, près de Lyon, elle continua ce genre de vie.

Du reste, comme si un hochet nouveau était indispensable à celle qui en avait tant eu déjà à sa disposition, elle prit alors le titre de comtesse de Lancy, du nom du marquisat de son père, et « le plaisir de s'entendre appeler *Madame* surpassa pour elle tous les autres ».

Elle était alors dans sa septième année. Comme elle avait une jolie voix et du goût pour la musique, sa mère fit venir de la Basse-Bretagne la fille de l'organiste de Vannes, pour lui donner des leçons de clavecin. Mlle de Mars, c'était son nom, était excellente musicienne, mais elle n'avait que seize ans, et on eut le tort de lui confier, en outre, la direction des études et de la conduite de la jeune chanoinesse. Aussi était-ce chaque jour amusements et jeux nouveaux pour la gouvernante et l'élève, qui, à huit ans, d'après son propre aveu, était incapable de former une lettre; en revanche, elle composait déjà des romans et des comédies qu'elle dictait à Mlle de Mars, en attendant qu'elle pût les écrire elle-même. Au surplus, la jeune écolière faisait de rapides progrès en musique; indépendamment du clavecin, elle joua bientôt de la harpe, de la mandoline, du pardessus-de-viole, de la musette, de la vielle et du tympanon. Elle apprit encore l'escrime, l'équitation, la botanique, un peu de médecine, de chirurgie; les exercices qui appartiennent à l'homme plutôt qu'à son sexe avaient ses préférences, et elle s'y livrait avec passion; mais où elle excellait c'était à donner à haute voix, du haut de son balcon, aux petits paysans

bourguignons rassemblés, des leçons de poésie
et de littérature qu'elle aurait eu besoin alors
de recevoir elle-même. Toutefois, c'est ainsi
que se manifestait sa vocation et qu'elle sem-
blait préluder aux principales occupations qui
devaient remplir sa vie.

Nous ne nous arrêterons pas aux détails oi-
seux, aux puérilités que Mme de Genlis a cru
devoir consigner dans certaines parties de ses
Mémoires et qui se rattachent à cette période
de son existence, surtout à ses premières années. Il suffira de dire, — ce que l'on a deviné
déjà, — qu'elle fut traitée par sa mère et par son
entourage en véritable enfant gâtée, et qu'elle
en eut tous les caprices. Nous passerons également sous silence les petits accidents qui lui arrivèrent à cette même époque et auxquels elle
semble attacher une importance voisine de l'affectation, en y voyant une espèce de présage de
la *vie orageuse* qu'elle devait parcourir. Par
exemple, elle raconte que, le jour même de sa
naissance, le bailli du lieu faillit l'écraser en
voulant s'asseoir sur l'oreiller dans lequel, pour

la tenir plus chaudement, on l'avoit emmail-
lotée ; que jamais elle ne prit le sein d'aucune
nourrice, et qu'au lieu de lait pur on ne lui
donna que du lait mêlé d'eau et de mie de pain
de seigle passée au tamis ; qu'à dix-huit mois
elle tomba dans un étang d'où on la repêcha à
grand'peine ; qu'à cinq ans elle se fit, dans une
chute, une forte blessure à la tête, où se forma
un abcès qui l'eût tuée infailliblement s'il ne fût
sorti par l'oreille ; enfin, que, peu de temps
après, elle tomba dans le brasier d'une chemi-
née, où elle reçut deux brûlures sur le corps,
etc. [1].

Mais l'enfant a grandi, elle a treize ans, et sa
mère l'emmène passer l'hiver à Paris, chez sa
marraine, où elle put voir le monde de près,
car on y recevait une société, sinon toujours
choisie, du moins très variée ; elle y connut
Marmontel, qui venait y lire ses *Contes,* et que

---

1. Comme elle n'avait été qu'ondoyée, on la baptisa à l'âge
de six ans ; une tante, Mme de Bellevaux, fut sa marraine, et
elle eut pour parrain le fermier général Bouret, ce financier si
riche, si fastueux, qui, après avoir joui de 600,000 livres de
rente, ne put trouver à emprunter 50 louis.

notre chanoinesse devait censurer aigrement
plus tard [1]. C'est là, dans ce milieu nouveau
pour elle, qu'elle commença à former son goût,
à se façonner aux belles manières et au beau
langage; elle s'y complaisait, enivrée du présent et se berçant des plus doux rêves d'avenir,
quand la nouvelle de la ruine entière de sa famille lui arriva comme un coup de foudre. La
terre de Saint-Aubin avait été vendue, et,
« toutes dettes payées, a écrit Mme de Genlis,
il ne nous restoit plus qu'une modique pension
viagère de 1,200 francs sur la tête de mon père
et de ma mère, et pas un asile sur la terre! »

Il fallut se séparer de Mlle de Mars, et la mère
et la fille allèrent loger rue Traversière, dans
un petit appartement au rez-de-chaussée, qui
parut « bien triste et bien mesquin » à la jeune
Stéphanie, en le comparant surtout à l'élégante
maison qu'elles venaient de quitter.

---

1. « Marmontel étoit bien loin de se douter, dit-elle dans
ses *Mémoires,* que cette petite fille qu'il voyoit là feroit un
jour imprimer une critique de ses *Contes* qui lui causeroit les
plus violens accès de colère. »

Instruit de leur état de détresse, le fameux fermier général La Poupelinière vint leur offrir un plus brillant asile dans sa délicieuse maison de Passy, où elles arrivèrent au milieu des noces de six pauvres jeunes filles mariées et dotées par La Poupelinière lui-même, lequel, singeant les grands seigneurs, consacrait tous les ans une certaine somme à cette cérémonie, suivie d'un bal champêtre et d'un festin. Mme et Mlle Ducrest, — elles avaient quitté le nom de Saint-Aubin pour reprendre leur nom patronymique, — passèrent tout l'été dans ce séjour enchanté, vrai palais d'Armide, où les comédies, les danses, les galas, les concerts, se succédaient à l'envi, et dont la belle chanoinesse charmait les échos aux doux sons de la harpe, sur laquelle déjà elle était d'une grande habileté.

Elles retournèrent ensuite à Paris et s'établirent dans un logement de la rue Neuve-Saint-Paul, qu'elles quittèrent peu de mois après pour aller non loin de Paris, à Chevilly, maison de campagne d'un M. de Jouy, homme de robe fort riche. Depuis que la mauvaise for-

tune ne permettait plus à Mme Ducrest d'avoir
une maison à elle, il lui fallait bien recourir à
celle de ses amis chez lesquels elle était toujours bien accueillie : car la vie était facile alors,
et les relations sociales plus vraies, plus intimes,
plus profondes qu'à notre époque, où les préoccupations matérielles nous absorbent. Du reste,
on s'amusait beaucoup chez M. et Mme de Jouy,
et la mère et la fille se proposaient d'y prolonger leur séjour, lorsqu'un beau matin les nombreux créanciers de l'amphitryon, dont l'opu-
lence était plus apparente que réelle, le firent
enlever brusquement en vertu d'une lettre de
cachet et enfermer à Pierre-Encise.

Étourdies de ce nouveau coup, la mère et la
fille revinrent encore une fois à Paris, s'installer
rue d'Aguesseau. Dans l'intervalle, M. Ducrest,
qui était allé à Saint-Domingue dans l'espoir
de rétablir sa fortune, en revint, après avoir été
fait prisonnier en Angleterre, et mourut bientôt à Paris. Mme Ducrest et sa fille se retirèrent
alors successivement au couvent des Filles du
Précieux-Sang, rue Cassette, puis au couvent

2

Saint-Joseph, qu'habitait aussi Mme Du Deffand, avec laquelle elles n'eurent aucun rapport. C'est à ce moment ou peu après que Mlle Ducrest se maria. Mais, avant de passer outre, notons que durant ses séjours, soit à Paris, soit à Passy, soit à Chevilly, la jeune Stéphanie fit la connaissance, indépendamment de Marmontel, d'un certain nombre d'écrivains et d'artistes plus ou moins célèbres, dont elle devait parler plus tard dans ses *Mémoires* : l'abbé d'Olivet, le poète Bertin, d'Alembert, le peintre Latour, le musicien Rameau, Gossec, Saint-Foix, etc. Et l'on remarque déjà que peu de ces personnages passent devant elle sans être l'objet d'une restriction désobligeante de sa part ou d'une insinuation maligne. C'est ainsi qu'à l'entendre, d'Alembert avait une figure « ignoble », Saint-Foix ressemblait au « crime », le poète Bertin au « remords », etc. Ce début promettait.

ENDANT sa captivité en Angleterre, M. Ducrest s'était lié intimement avec un jeune compatriote, prisonnier comme lui, le comte de Genlis, qui devint amoureux de notre chanoinesse rien qu'en voyant son portrait dessiné sur une tabatière et la représentant jouant de la harpe. Neveu du marquis de Puisieux, alors ministre des affaires étrangères, le comte de Genlis obtint promptement sa liberté et ensuite celle du père de Stéphanie. Après avoir été un brillant officier de marine et être resté cinq ans aux Indes, où il avait assisté au siège de Pondichéry, le comte de Genlis avait été nommé colonel des grenadiers. Il avait alors vingt-sept ans. Rentré en France, son premier soin fut d'aller se jeter aux pieds de Mlle Ducrest, dont il demanda et obtint la main; mais le mariage se fit secrètement, afin d'en dérober la connaissance au ministre, qui avait d'autres vues sur son neveu, et qui devint furieux, ainsi que son entourage, quand la nouvelle en vint à son oreille. Tenus à l'écart, mis à l'index par toute la famille de M. de Puisieux, les nouveaux mariés se virent réduits à aller passer leur lune de miel en Picardie, dans une terre du marquis de Genlis, frère de l'époux.

Nous ne suivrons pas madame la comtesse dans les différentes résidences qu'elle parcourut à l'issue de son mariage, et où elle se rendit successivement avec son mari, soit à raison de l'emploi de celui-ci, soit en vue de varier ses impressions, c'est-à-dire dans un but de plaisir. Nous n'insisterons pas davantage sur les divers genres d'exercices et les excentricités auxquels elle s'abandonna, lorsque le mariage eut sonné pour elle l'heure de l'émancipation... Elle avoue elle-même que, « dominée par son imagination, elle a fait mille étourderies, mille actions déraisonnables ; que personne au monde n'a moins réfléchi qu'elle sur sa conduite, ses intérêts et sur l'avenir ». Courir la nuit dans les corridors d'un couvent avec des cornes sur la tête et le visage barbouillé; s'égarer à dessein à la chasse pendant des heures entières; faire des niches enfantines, des espiègleries qui n'étaient plus de son âge; monter, en rustique écuyère, « jambe deci, jambe delà », un gros cheval de charrue, saigner les malades, panser les plaies, s'habiller en homme pour courir à franc étrier après son mari, puis, passant du grave au doux, se baigner dans du lait, comme l'impératrice Poppée, en effeuillant des roses sur la surface du bain, ce qui, dit-elle, est la plus agréable chose du monde, etc. : tels étaient ses passe-temps favoris, qui alternaient avec la lecture et la musique, dont elle continuait à remplir ses loisirs. Au surplus, le besoin d'enseigner la poursuivait sans cesse, et un jour elle voulut apprendre à jouer de la harpe à la fille de sa laitière, jeune enfant de dix ans; mais, au bout de quelques mois, elle s'aperçut que, par suite des poses que l'instrument lui faisait prendre, son écolière devenait bossue, et elle dut discontinuer ses leçons pour s'occuper de lui redresser la taille à l'aide d'un corset baleiné qu'elle fit venir tout exprès de Paris.

Mais le temps a marché, et, dans l'intervalle, deux enfants sont nés à nos époux [1], dont la fortune était relativement restreinte, bien qu'avec les émoluments attachés au grade du mari et les 12,000 livres de rente que lui attribue en outre sa femme, ils auraient dû pouvoir vivre dans une certaine aisance ; mais ils aimaient l'un et l'autre le faste, la représentation, et, avec de tels penchants, les dépenses n'ont bientôt plus de bornes. Quoi qu'il en soit, nous arrivons à une époque où leur position va prendre une face nouvelle, une tournure plus conforme à leurs intérêts et à leur ambition.

Mme de Genlis avait pour tante Mme de Montesson, sœur de sa mère, qu'elle voyait fréquemment, mais sans entraînement, sans affec-

---

1. Mme de Genlis eut deux filles, dont l'aînée, nommée Caroline, fut mariée au marquis de Becelaer de Lowestine, Belge d'origine, et mourut fort jeune ; la cadette, Pulchérie, épousa le vicomte de Valence, à qui Mme de Montesson légua sa fortune de préférence à sa nièce.

tion, sans aucune sympathie, et qu'elle appelait ironiquement sa *tantâtre*, ce qui ne l'empêchait pas d'aller dîner chez elle une fois par semaine. Mme de Montesson dressait alors dans le silence, autour du duc d'Orléans, dont elle finit par se faire épouser, un siège en règle, un habile plan d'attaque que nous avons tâché de retracer ailleurs avec tous ses épisodes et ses péripéties [1]. Or, Mme de Genlis rencontrait souvent le duc d'Orléans chez sa tante, et, par suite de ses entrevues, de ses entretiens avec ce prince, qui était naturellement bon et bienfaisant et qui avait eu même déjà des complaisances pour elle, elle se trouva comme portée, si l'on peut dire, sur les marches du Palais-Royal, où elle devait bientôt entrer en triomphe.

Déjà, par un motif honorable, elle avait refusé une place dans la maison de la comtesse de Provence, femme de Monsieur; il fallait qu'elle fût présentée préalablement à Mme du

---

1. *Le Dernier Abbé de cour*: Didier, 1873, 1 vol. in-18, p. 20 à 48.

Barry, et cette formalité lui répugna. Peu de temps après, la jeune et charmante duchesse de Chartres, — cette digne fille du duc de Penthièvre, qui eut toutes les vertus et tous les malheurs de son père, — l'admit auprès d'elle en qualité de dame. En même temps, son mari fut également attaché au Palais-Royal, et obtint la charge de capitaine des gardes du duc de Chartres (1770).

Les voilà donc l'un et l'autre avantageusement pourvus, même en passe d'arriver aux honneurs, et chacun d'eux s'empressa de prendre possession de son emploi; mais ce ne fut pas sans une espèce de mise en scène que Mme de Genlis s'installa dans le sien. Elle commence par faire mine d'hésiter, puis elle accepte, mais en se répandant en doléances, en se livrant à des appréhensions, à des réflexions de mauvais augure. Elle va habiter un dangereux séjour, dit-elle, où elle est certaine de ne trouver ni un guide ni un ami... Elle appelle le jour où elle entrera au Palais-Royal un « jour fatal »... Ses tristes pressentiments se fortifient de cette circonstance, que la voiture qui l'y conduisit faillit verser en route, et elle s'écrie : « Grand Dieu ! quel présage !!! »

On ne voit pas pourquoi Mme de Genlis rappelle ainsi dans ses *Mémoires,* à quarante ans de distance, les préventions violentes qu'elle prétend avoir eues contre son séjour au Palais-Royal, où il lui était si facile de ne pas entrer, et où elle avait joui d'ailleurs, comme on le verra, d'une autorité presque égale à celle de ses illustres hôtes.

Mais elle revint peu à peu de ses défiances, et, familiarisée avec le danger, on la voit bientôt installée dans ce Palais-Royal, encore chaud des orgies de la Régence... A cette pensée, un serrement de cœur la saisit, sa pudeur s'alarme, un scrupule s'empare d'elle... il est vite passé... elle s'habituera à voir sans émotion ces glaces indiscrètes, ces tableaux voluptueux, toutes ces images de luxe et de plaisir qui décorent sa chambre et en font un galant boudoir, et c'est même là qu'elle composera une partie de ses ouvrages les plus moraux, sans doute par esprit de pénitence[1].

Pendant plusieurs années, le rôle de Mme de Genlis se borna à celui de dame de la duchesse de Chartres, qui lui témoignait une préférence marquée sur ses compagnes, et l'emmena avec elle dans plusieurs voyages d'agrément qu'elle fit en Italie, en Hollande, à Forges, etc. Quelque temps après, cette princesse accoucha de deux jumelles, et il fut décidé que Mme de Genlis en serait la gouvernante (1777); on bâtit tout exprès, au couvent de Belle-Chasse, un pavillon pour la gouvernante et les jeunes princesses, dont l'aînée ne tarda pas à mourir; alors la cadette quitta le nom de Mademoiselle de Chartres qu'elle avait porté jusque-là, et prit celui de Mademoiselle d'Orléans. Elle était âgée de cinq ans.

Mme de Genlis donna tous ses soins à l'éducation de la jeune princesse; et, sans en attribuer l'honneur à la gouvernante, on ne peut

---

1. A la vérité, deux de ces ouvrages, publiés sous son nom et traitant de matières de théologie et de morale ascétique, furent attribués par la critique à l'abbé Gauchat et à l'abbé Lamourette.

méconnaître que ses leçons ne nuisirent pas au développement des brillantes qualités qui ont fait de bonne heure de Madame Adélaïde une femme remarquable, et .plus tard l'Égérie de son frère aîné, le roi Louis-Philippe.

Mais c'est ici que commence la savante tactique de Mme de Genlis, l'habile combinaison de ses plans et de ses projets pour arriver à exercer une suprême influence autour d'elle, notamment sur l'esprit du duc d'Orléans, qui avait beaucoup de confiance dans ses avis et d'admiration pour ses talents. Notons d'abord qu'une seule élève ne suffit pas longtemps à la gouvernante. L'activité de son esprit avait besoin d'une plus large tâche, et l'occasion se présenta de la lui donner, ou plutôt de la provoquer et de la prendre. En effet, peu après, elle fut chargée de l'éducation des jeunes princes d'Orléans, cumulativement avec celle de leur sœur. La façon habile dont elle raconte comment la chose arriva mérite d'être rapportée.

Elle prétend qu'un jour le duc de Chartres,

étant venu la voir à Belle-Chasse, lui dit qu'il
avait hâte de remplacer M. de Bonnard, l'un
des précepteurs des jeunes princes, sans quoi
ces enfants auraient le ton de « garçons de
boutique », et, à l'appui de cette opinion, le duc
raconta que, le matin même, M. de Bonnard
avait dit au jeune duc de Valois qu'il avait bien
« tambouriné » à sa porte, en ajoutant qu'on
était bien tourmenté, dans leurs promenades à
Saint-Cloud, par la « parenté », allusion aux
insectes appelés « cousins ». Consultée alors
sur le choix d'un gouverneur, Mme de Genlis
désigna trois ou quatre personnes, qui soulevèrent des objections de la part du prince.
« Alors je me mis à rire, et je lui dis : « Eh
« bien, moi... — Pourquoi pas ? » reprit-il sérieusement... Je proteste que je n'avois cru faire
qu'une plaisanterie, et que, dans nos conversa-
tions précédentes, rien n'avait jamais dû me
préparer à une idée aussi singulière; mais l'air
et le ton de M. le duc de Chartres me frap-
pèrent vivement; je vis la possibilité d'une
chose extraordinaire et glorieuse, et je désirai

qu'elle pût avoir lieu. Je lui dis franchement ma pensée ; il parut charmé et me dit : « Voilà « qui est fait, vous serez leur *gouverneur* (1782). »

Ce choix fut accueilli dans le public par des épigrammes. On y vit une nouveauté singulière, une innovation hardie, et le titre de *gouverneur* donné à une femme fut trouvé si plaisant à Versailles, rapporte Grimm, que Mme de Genlis n'osa pas revendiquer ostensiblement cette dénomination sous laquelle cependant le public malin continua de la désigner [1]. Au surplus, le chevalier de Bonnard et l'abbé Guyot furent maintenus dans leurs fonctions de précepteurs ou de sous-gouverneurs des jeunes princes ; mais ils reçurent l'ordre de les conduire tous les matins à Belle-Chasse, pour recevoir les leçons de Mme de Genlis, et de les ramener à dix heures du soir au Palais-Royal [2].

1. « Dans le public on nomma par moquerie La Harpe *sous-gouvernante*, parce qu'il étoit soupçonné d'être le correcteur ou l'auteur des comédies de Mme de Genlis. » — *Mém. de Bachaumont*, 15 janvier 1782.

2. Dégoûté des tracasseries qu'on lui suscitait, le chevalier de Bonnard donna bientôt sa démission. Il était né à Semur en 1744. Il avait été colonel de dragons. On a de lui des poé-

C'est ainsi que Mme de Genlis fut investie
d'un pouvoir à peu près absolu sur les enfants
du duc d'Orléans, dont elle mènera de front
désormais l'éducation morale et littéraire. Un
pareil rôle aurait dû combler ses vœux; mais
elle ne se borna pas, paraît-il, à écarter deux
rivaux incommodes; elle voulut bientôt pousser la prétention, non pas jusqu'à contester
l'autorité de la duchesse de Chartres sur ses
enfants, mais à restreindre cette autorité, à
gêner son droit de contrôle; et c'est alors que
survint entre la mère et la gouvernante cette
mésintelligence sourde et profonde, à laquelle
on a attribué plusieurs causes et dont le motif
véritable n'a peut-être jamais été connu.
Mme de Genlis prétend que la princesse lui re-
prochait, en l'attribuant à ses conseils, l'attitude politique prise par le duc, et d'élever ses

---

sics agréables, publiées en 1791, où se trouvent une charmante
épître à Boufflers et ces quatre vers scuvent cités :

> *Ne parler jamais qu'à propos*
> *Est un rare et grand avantage.*
> *Le silence est l'esprit des sots*
> *Et l'une des vertus du sage.*

enfants dans des principes qui n'étaient pas les siens. Elle se plaignait surtout que Mme de Genlis, non contente d'inculquer à ses fils des idées révolutionnaires, leur inspirait aussi de l'éloignement pour leur mère.

Certes, voilà des griefs dont un seul eût suffi pour indisposer la duchesse contre la gouvernante, qui, de son côté, attribuait les préventions dont elle était l'objet à de fâcheuses influences, aux conseils donnés notamment par la duchesse de Bourbon et la princesse de Lamballe, qu'elle considérait comme ses ennemies déclarées.

Quoi qu'il en soit, la duchesse d'Orléans refusait avec persistance à Mme de Genlis toute espèce d'explication; mais le fait certain, avéré, c'est qu'elle voulait soustraire ses enfants, surtout sa fille, à la tutelle de leur institutrice. D'abord, on commença par lui ôter, malgré ses vives réclamations, le duc de Chartres et ses deux frères, les ducs de Montpensier et de Beaujolais, qu'on devait lui laisser, dit-elle, jusqu'à l'âge de dix-sept ans, et qui n'avaient

alors que treize, quinze et seize ans et demi.
C'est au père des jeunes princes qu'elle adresse
ses plaintes, qu'elle expose ses griefs.

Ce triste moment que je prévois depuis plus
d'un an, est enfin arrivé (écrit-elle). Je suis absolument forcée de vous demander ma démission,
à moins, ce que je ne crois pas, que sous trois
jours on ne m'accorde la réparation que je mérite.
Vous savez où en étoient les choses, c'est ce que
vous avez vu de vos yeux ; vous savez si j'ai eu
de la douceur, de la patience, de la modération ;
mais enfin on veut me pousser à un parti qui dé-
chire mon cœur, et que je ne puis m'empêcher de
prendre. Je ne vous ai point dit, il y a quelques
jours, que Madame la duchesse d'Orléans est
venue voir Mademoiselle dans l'après-midi, ce
qu'elle ne fait pas ordinairement. Au bout de deux
minutes, elle lui a dit devant Mlle Rime qu'elle
voudroit voir ses fils, et lui a demandé où ils
étoient ; Mademoiselle a répondu qu'ils étoient,
comme à l'ordinaire à cette heure, avec moi. Dans
ce cas, a repris Madame la duchesse d'Orléans, je
ne les verrai pas. » Cela est fort clair, et a été dit à
Mademoiselle devant une femme de chambre...
Cependant j'étois décidée à ne vous point parler   .

de cela, ainsi que de bien d'autres choses. Mais
vous savez que Madame la duchesse d'Orléans
avoit dit à ses enfans qu'elle les recevroit dimanche
à dîner. Ce matin à dix heures et demie, à mon
réveil, Mademoiselle est venue se jeter dans mes
bras, tout en larmes, en me disant que madame
sa mère étoit venue à neuf heures lui dire que
« des raisons très fortes l'empêchoient de la recevoir
chez elle ; qu'elle ne pouvoit lui dire ces raisons
parce qu'elle n'avoit pas mérité sa confiance ;
mais qu'elle espéroit que ces raisons cesseroient
bientôt, et qu'alors elle lui expliqueroit cela ».
Ceci a été accompagné de plusieurs questions,
entre autres celle-ci : « Mais est-il vrai que vous
aimiez tant Mme de Genlis ? — Il faudroit, a
répondu Mademoiselle, que je fusse bien ingrate
pour ne la pas aimer de toute mon âme, etc. »
M. le duc de Chartres et son frère ont eu de leur
côté la même scène.

Il résulte de tout ceci, que maintenant il est
bien prouvé à vos enfans que leur mère me dé-
teste et désapprouve publiquement la confiance
que vous avez mise en moi, et qu'elle y avoit mise
elle-même à cet égard. Je ne puis, dans une semblable position, rester avec honneur dans ma
place ; ainsi mon parti est irrévocablement pris,
et le voici : ayez la bonté de décider Madame la

duchesse d'Orléans à m'autoriser à dire à ses enfans, sous trois jours, que j'ai été lui demander
une explication au Palais-Royal; qu'on m'avoit
fait auprès d'elle des tracasseries dont je me suis
pleinement justifiée; qu'elle a repris pour moi
toute sa bonté, et que cela soit suivi d'une manière décente de vivre avec moi; qu'elle vienne ici
les soirs comme jadis, etc. Et alors je resterai,
j'oublierai tout, et il ne m'en coûtera rien de lui
donner toutes les preuves du monde de respect et
d'attachement : car, malgré ses injustices envers
moi, qui lui sont inspirées par des méchans qui
abusent cruellement de la facilité de son caractère,
je rendrai justice à sa vertu, au fonds de bonté qui
est dans son âme, et j'excuse sans peine une conduite dont je suis bien sûre qu'elle ne sent pas les
conséquences; enfin je vous conjure d'obtenir
sans délai ce que je vous demande; mais, si cela
n'est pas possible, recevez, je vous le répète, ma
démission. Je puis tout faire pour vos enfans, et
je l'ai prouvé, à l'exception de m'avilir, et c'est
ce que je ferois en restant ici dans l'état où sont
les choses.

Ailleurs elle finit une autre lettre au duc
d'Orléans par ces mots :

Vous trouvez tout cela tout simple : c'est me

montrer clairement le parti qui me reste à prendre.
Vous, enfin, ajoute-t-elle plus loin, vous qui savez et voyez toutes ces choses et qui les approu-
vez, ne me demandez-vous pas tous deux ma démission?

Le duc d'Orléans soutenait en effet la duchesse dans ses prétentions, dans son droit de
surveillance sur les soins donnés à l'éducation
de leurs enfants, et il luttait parfois dans ce
but; mais bientôt il retombait dans cette espèce
d'apathie qui formait le fond de son caractère
et que secouaient à peine les hauteurs, les du-
retés, les injustices, dont la Cour l'abreuvait
précisément à cette époque[1]. On était en
1791, c'est-à-dire à ce point d'intersection placé
entre les fautes de la royauté et les colères du
peuple.

Mais voici venir la dernière épreuve, le coup
le plus rude qui pouvait être porté à la gouver-

---

1. On ne saurait oublier l'état de suspicion injurieux où
l'avaient placé le roi et la reine, même avant qu'il eût rien fait
pour justifier ces soupçons, non plus que son exil à Villers-
Cotterets, son voyage forcé en Angleterre, etc., etc...

nante. Après lui avoir retiré les trois princes,
il est question maintenant de la séparer de leur
sœur. D'abord elle dira que cette séparation sera
terrible, déchirante pour Mademoiselle d'Orléans, et, pour en « adoucir l'horreur », elle ne
veut plus donner sa démission et avoir l'air de
fuir son élève, « cette enfant trop sensible, dit-
elle, qu'elle aime comme la plus tendre mère
peut aimer, et pour laquelle elle sacrifieroit sa
vie ». Il importe, dans l'intérêt de son amour-
propre, qu'elle ne paraisse pas avoir été congé-
diée ; et, à cet effet, elle exige que la duchesse
lui demande sa démission dans une lettre où
elle dira que Mademoiselle étant dans sa qua-
torzième année et ayant parfaitement profité
des soins de la gouvernante, elle regarde l'éducation de sa fille comme achevée ; qu'elle pense
dès lors que l'institutrice ne se refusera pas à
la remettre entre ses mains, etc. A cette condi-
tion, celle-ci se soumettait et quittait sur-le-
champ Paris et même la France.

En partant, Mme de Genlis entendait laisser
une alliée derrière elle ; autrement dit, elle vou-

lait mettre des intelligences dans la place. A cet effet, elle proposa d'introduire auprès de Mademoiselle une amie, une personne de son choix et que, pour cette raison, on ne put accepter. Au surplus, quoi qu'elle en dise, quoi qu'elle promette, elle est loin d'être décidée à lâcher pied; elle ne vise qu'à gagner du temps, à prolonger le plus possible le *statu quo,* qui dura près de deux ans. Elle espère avoir le dernier mot, et qu'à la longue et par lassitude on la laissera tranquille. En attendant, elle se donne des airs de victime.

Les lettres qu'elle écrivit à ce sujet sont nombreuses, et on les trouve un peu partout, — dans ses *Mémoires,* dans les ventes publiques d'autographes, dans les publications successives qu'elle fit elle-même de 1791 à 1800[1]. —

---

1. Voir *Leçons d'une gouvernante à ses élèves,* ou fragments d'un *journal* qui a été fait pour l'éducation des enfants de M. le duc d'Orléans, par Mme de Sillery-Brulart, gouvernante de Mademoiselle d'Orléans. Paris, 1791, Onfroi et Née de la Rochelle. 2 vol. in-8°. — Voir aussi *Précis de la conduite de Mme de Genlis depuis la Révolution.* Hambourg, 1796, chez Hoffmann, 1 vol. in-18. — Voir encore le *Recueil curieux* publié en 1800, où se trouvent plusieurs lettres écrites par

C'est un tissu non interrompu de doléances, de récriminations, de protestations de dévouement, de reproches d'ingratitude, puis des redites, du lyrisme, de la sentimentalité. On voit, à chaque ligne, percer son embarras, la gêne que lui crée une fausse position, qui consiste à vouloir garder un emploi où l'on refuse de la maintenir, et qu'elle veut paraître abandonner, sinon de gaieté de cœur, du moins avec résignation, avec philosophie. Nous nous bornons, dans le présent travail, à donner quelques fragments inédits d'une de ses correspondances que nous avons eue à notre disposition. L'autre partie de cette correspondance a été publiée par Mme de Genlis elle-même : car elle n'a pas craint de mettre le public dans la confidence

---

Mme de Genlis au duc d'Orléans et à divers membres de la Convention. — Voir enfin les Catalogues de vente d'autographes de M. Étienne Charavay, des 31 octobre 1871 et 28 juin 1875, annonçant la mise aux enchères : 1° de 32 lettres autographes de Mme de Genlis à divers, ainsi que des documents importants relatifs aux leçons données par elle aux jeunes princes d'Orléans ; 2° de 32 autres lettres autographes de la même adressées, de 1791 à 1793, au duc d'Orléans et à Mademoiselle d'Orléans.

des débats ouverts entre elle et ses bienfaiteurs.

Bien entendu, la duchesse d'Orléans n'écrivit pas la lettre que demandait la gouvernante, et se renferma plus que jamais dans une dignité froide et silencieuse.

Mme de Genlis prit d'abord ce silence pour une espèce de désarmement ou tout au moins d'armistice; mais, pensant bientôt que ce calme pouvait n'être qu'apparent et redoutant un nouvel orage, elle se ravisa et recourut à un grand coup, à une mise en scène imprévue pour intéresser directement, cette fois, la tendresse paternelle du duc d'Orléans et rester maîtresse du terrain. Ce n'est plus son attachement pour son élève qu'elle invoquera, ce n'est plus la douleur *déchirante* d'une séparation qu'elle veut lui épargner; il s'agit maintenant de la santé délicate de Mademoiselle d'Orléans, du danger que présente son état de souffrance.

La plus chère et la plus charmante de toutes les enfans (écrit-elle au duc) a décidé irrévocablement de ma destinée. Il m'est échappé, pour la première fois de ma vie, ce matin, dans mon

trouble, de dire en la présence de Mademoiselle
quelques mots entrecoupés qui lui ont donné le
soupçon de mon dessein (d'une séparation). Elle
n'a rien dit, et sur-le-champ est sortie de ma
chambre. J'ai fait peu d'attention à cela. Je ne
l'ai revue qu'à dîner; elle n'a point mangé. J'ai
seulement remarqué qu'elle étoit triste et changée.
Après dîner, je suis rentrée avec M. de Sillery
dans ma chambre : Mademoiselle a été dans le
jardin; un moment après on est accouru me dire
qu'on la rapportoit dans un état affreux parce
qu'elle s'étoit trouvée mal. J'ai été, avec M. de
Sillery, dans le salon où je l'ai trouvée entre les
mains de Mlle Rime et de Sophie, dans un état
inexprimable de convulsions, de sanglots, les
mains et le nez glacés, et comme une personne
mourante. Quand nous avons été seuls, elle,
M. de Sillery, Paméla et moi, elle m'a dit qu'elle
étoit au désespoir... qu'elle en mourroit... Je lui
ai juré du fond de l'âme que rien dans l'univers
ne pourroit me séparer d'elle; que j'avois tenu un
propos inconsidéré, que je l'aimois plus que ma
vie, mon repos, ma réputation, que j'étois jusqu'à
la mort consacrée à elle... Sa joie, son bonheur
ne peuvent s'exprimer.. M. de Sillery a pleuré.
Qui n'auroit pas versé des larmes à un tel spectacle ?... Je vois bien évidemment que son sensible

cœur et sa délicate constitution ne supporteroient
pas cette séparation, puisque sa seule crainte peut
la mettre dans cet état... Adorable enfant !... J'ai
trouvé des ingrats : elle me paye de tout... Je ré-
tracte, Monseigneur, tout ce que je vous ai dit. Je
trouverai bon tout ce que vous déciderez. Je n'of-
frirai jamais ma démission, je ne quitterai jamais ma chère enfant que par la violence et l'autorité.

La crise était arrivée à l'état aigu, et, en présence d'une semblable attitude, il semble que
le duc d'Orléans aurait dû intervenir personnellement pour remettre chaque chose à sa
place. Mais, flottant, irrésolu, livré à cet état
d'indécision qui fit son malheur et sa perte, il
n'était capable de prendre un parti que sous
l'impression du premier mouvement ou l'influence de faux amis intéressés à l'égarer [1]. Ce
fut la duchesse qui intervint; cette femme au

1. Pour bien connaître ce prince, il faut lire le volume qu'a
publié Laurent (de l'Ardèche) sous le titre de *la Maison d'Orléans
devant la légitimité et la démocratie* (1861, Dentu, in-8°), où
se trouve rapportée la série des opinions diverses, pour et
contre, exprimées sur le duc d'Orléans, c'est-à-dire le résumé
de ses qualités, de ses luttes et de ses faiblesses.

cœur viril, cette mère de douleurs qui sut toujours allier la fermeté à la douceur, la sévérité
à l'indulgence, c'est elle qui notifia nettement
son congé à l'institutrice en révolte.

Il n'y avait plus moyen de lutter; il fallut
obéir, et Mme de Genlis s'éloigna, partit pour
la province, mais en laissant à Mademoiselle
d'Orléans une lettre de six pages où se trouve
cette phrase aussi catégorique que peu modeste :

Souvenez-vous de l'histoire de Fénelon et de
son élève le duc de Bourgogne; ils furent à peu
près séparés ainsi... Le jeune prince sentit vivement son malheur; il aima Fénelon toute sa
vie.

Dans une autre lettre elle lui disait :

Nous nous retrouverons, soyez-en sûre.

Elles se retrouvèrent en effet; mais, en attendant, la gouvernante fit un voyage dans le
Forez, et, afin d'entretenir son souvenir et l'espoir dans le cœur de son élève, à chaque étape
elle lui écrivait des lettres dans le genre de
celle-ci :

Ce jeudi 28, d'Orléans, à trois heures après midi.

J'ai passé une mauvaise nuit. Jusqu'à ce que je sache que mon enfant en a passé une bonne et qu'elle a bien dormi, je ne fermerai pas l'œil. Ainsi, cela dépend de vous, chère amie. Quand vous me manderez que vous êtes raisonnable et que vous reposez bien, je reposerai aussi. Je suis changée à faire peur, et ma pauvre Paméla aussi [1]. Comme il y a de charmantes gazes à Lyon, j'en enverrai une bien jolie à mon doux Minon [2], pour lui faire un pierrot, et puis un joli couteau de Moulins et de petits ouvrages de petits grains de Besançon. Choisir et emballer toutes ces bagatelles sera certainement le seul plaisir que j'aurai dans ce voyage, qui me secoue sans me dissiper.

On ne saurait disconvenir que Mme de Genlis avait su se faire véritablement aimer de Mademoiselle d'Orléans, dont la santé, déjà fort

1. Jeune Anglaise adoptée et élevée par Mme de Genlis.
2. Petit nom d'amitié donné à Mademoiselle d'Orléans par Mme de Genlis, qui n'avait probablement pas lu le *Moyen de parvenir*.

éprouvée, l'était encore par les préoccupations
du moment et par les émotions diverses que
s'appliquait à entretenir en elle l'adroite institutrice, qui, poursuivant sa route, lui adresse
de nouveau ces quelques lignes :

De Thiers, ce 5, à huit heures du soir.

Encore à Thiers, faute de chevaux. Cela est
bien cruel. Je ne pourrai partir que demain
matin à six heures. J'ai été encore ce matin
gravir des montagnes, tant à pied qu'en charrette
menée par des bœufs. J'ai vu une chose véritablement intéressante. Combien de fois j'ai ré-
pété : « Ah ! si mes chers enfans étoient là ! » Je
ne jouis de rien sans eux, et je ne puis m'accou-
tumer à n'avoir pas mon doux Minon à côté de
moi. Bonsoir, tendre amie que j'aime passionné-
ment. Dites à vos frères que je leur écrirai demain et qu'ils me sont, ainsi que vous, beaucoup
plus chers que ma vie. Embrasse pour moi ma
Pény et mon Henriette.

Enfin, après une absence de quelques semaines, pendant lesquelles elle parcourut plusieurs contrées du centre de la France, Mme de

Genlis reprit la route de Paris et écrivit cette dernière lettre, datée de Clermont, le 3 mai :

Quand ma chère amie recevra cette lettre je serai bien rapprochée d'elle, et je ne m'en éloignerai plus. J'ai regretté mon enfant aujourd'hui encore plus qu'à l'ordinaire, s'il est possible, parce que ce pays est ravissant. Il n'y a pas de situations et d'environs comparables à ceux de Clermont. Rien au monde n'est plus singulier, plus pittoresque, plus frais et plus agréable. Nous rapportons à mon enfant, une grappe de raisin pétrifiée dans une fontaine, et puis des pâtes d'abricots. Chère petite amie, je n'ai d'autre plaisir que celui de m'occuper de toi, que j'aime à la folie et que je porte partout dans mon cœur. J'ai au cou ton profil qui ne me quitte ni jour ni nuit, et puis ton portrait, jouant de la harpe, et puis un bracelet, et enfin un portefeuille. Avec cela la bonbonnière de ton ouvrage que j'ai mise dans ma poche le jour cruel de mon départ, tous les anneaux que tu m'as donnés pour ma montre et ma jolie jarretière de cheveux à mon doigt. En outre, j'ai dans ma poche toutes tes charmantes petites lettres, que je relis toute la journée en voiture ; tout cela m'attendrit et m'occupe de la seule manière qui puisse m'être agréable.

4.

Soignez-vous bien, mon doux Minon. Songez toujours qu'en vous dissipant, qu'en ménageant votre santé, c'est la mienne dont vous prenez soin. Bonsoir, fidèle et tendre amie. Je vous quitte parce qu'il est tard, et qu'il faudra demain se lever de bonne heure. Bonsoir, enfant chérie au delà de toute expression.

Mme de Genlis revint peu de jours après et fut réintégrée dans toutes les prérogatives de son emploi de *gouverneur*, mais sans être réconciliée avec la duchesse, qui, de guerre lasse, finit par la tolérer pour le moment, faute de mieux.

III

Nous avons dit que Mme de Genlis publia vers cette époque, c'est-à-dire en 1791, sous le titre de *Leçons d'une gouvernante à ses élèves,* deux volumes qui contiennent, ainsi que ses *Mémoires* et autres opuscules d'elle cités plus haut, des lettres et des détails relatifs à ses démêlés avec la maison d'Orléans. Or, cette première publication avait non seulement pour but de la justifier en ce qui concernait les démêlés en question, mais encore de lui donner le beau rôle dans ses discussions incessantes avec M. Lebrun et l'abbé Guyot, précepteurs des jeunes princes : car elle était toujours en guerre ouverte ou latente avec son entourage. Relativement aux deux précepteurs, tous les torts n'étaient peut-être pas de son côté ; mais on ne peut disconvenir qu'elle

cherchait sans cesse à éloigner les gens qui la
gênaient, à faire le vide autour d'elle, afin de
s'emparer seule de l'autorité.

Dans cette même publication elle fit connaître le mode d'enseignement, la méthode
qu'elle avait suivie pour l'éducation des enfants
du duc d'Orléans. Arrêtons-nous quelque peu
au plan qu'elle a tracé à ce sujet, lequel est
conçu de la façon la plus ingénieuse, la plus
pratique. Sans y tenir le haut du pavé, les exercices du corps y ont une large part, attendu
qu'elle considérait avec raison la santé du corps
comme étant solidaire de celle de l'intelligence ;
et elle inventa toute une série de ces exercices
dont la gymnastique de nos jours a fait son
profit sans lui en attribuer le mérite : *souliers
à semelles* de plomb [1] ; jeux de la *poulie,* de la
corde, des *poids aux pieds ;* les *sauts,* les

---

1. « Quand M. le duc de Chartres m'a quittée, chacun de
ses souliers pesoit une livre et demie, et il faisoit avec ce
poids des sauts et des courses à pied de trois ou quatre lieues
d'un pas très vite. Les souliers de Mademoiselle d'Orléans
pèsent, en ce moment, deux livres ; elle ne les quitte jamais
que pour danser. »

courses de vitesse, le transport des *hottes* char-
gées, des *cruches* pleines d'eau [1], etc.; puis la
natation, l'équitation, le tir à l'arc, au fusil,
au pistolet, l'escrime, le billard, l'exercice mi-
litaire, le volant, la danse, etc. A déjeuner on
parlait allemand, à dîner anglais, à souper ita-
lien; des professeurs de toute espèce pour les
sciences, la littérature, les beaux-arts; puis la
botanique, l'histoire naturelle, un maître jar-
dinier pour apprendre la culture de la terre, un
maître menuisier, etc. Quant à l'étude de l'histoire sainte et de l'histoire ancienne, elle se
faisait à l'aide d'une série de tableaux indus-
trieusement dessinés et vus à travers une « lan-
terne magique ». Rien n'était négligé par l'institutrice pour rendre à ses élèves le travail
agréable et facile en même temps que fruc-
tueux; et c'était là résoudre le grand problème

---

1. « Monsieur de Chartres a porté dans chaque cruche le
poids de 92 livres, ce qui fait 184 pour les deux... Les poids
que Monsieur de Montpensier s'attachoit aux pieds l'hiver
dernier pesoient tous deux 50 livres, par conséquent 25 livres
chaque. » (Sic.) — *Leçons d'une gouvernante* (Mme de Genlis),
t. II, p. 513, 514, 517, 519.

qui préoccupait Mme de Maintenon, quand elle écrivait aux dames de Saint-Cyr : « Rendez vos récréations gaies et libres, on y viendra. »

Mais les événements politiques se sont succédé avec rapidité ; la Révolution marche à grands pas et le duc d'Orléans, craignant pour la sûreté de sa fille, à qui d'ailleurs les médecins ont ordonné les eaux de Bath, l'envoie en Angleterre sous la conduite de Mme de Genlis, qui emmena avec elle sa fidèle Paméla [1] et une autre jeune personne qu'elle avait également élevée.

Elles partirent le 11 octobre 1791, et Mme de Genlis nous apprend dans ses *Mémoires* qu'elle se fit accompagner par Pétion, pour qui elle avait une « véritable estime », afin d'avoir auprès d'elle quelqu'un qui, au besoin, pût haranguer le peuple et les municipaux si on arrêtait les voyageuses dans les provinces agitées qu'elles devaient traverser. Pétion les quitta à Londres et revint à Paris dont il fut, peu après, nommé maire.

---

1. On prétendait que Paméla était sa fille.

En arrivant à Douvres, Mme de Genlis avait écrit la lettre suivante au duc de Beaujolais :

De Douvres, vendredi 28.

Nous avons eu un heureux passage, cher petit ami. Vos frères sont venus me dire adieu à Calais. Vous jugez, cher enfant, combien j'ai été sensible à cette preuve touchante de leur amitié. Nous sommes tous en bonne santé ; votre sœur vous embrasse. Adieu, cher enfant de mon cœur et que j'aime à la folie. Appliquez-vous bien. Pensez à votre amie qui pense à vous sans cesse. Je vous écrirai aussitôt que nous serons à Bath. Adieu, *my dear love.*

Quelques jours après elles arrivèrent à Bath, et, le 4 novembre, la gouvernante écrivit de nouveau au duc de Beaujolais :

Notre ami, M. Voydel, remettra cette lettre à mon cher enfant, et j'envie le bonheur qu'il aura de le voir. Il me semble, cher ami, qu'il y a un an que je vous ai quitté. Que je voudrois vous tenir ici dans notre jolie petite maison ! Nous faisons de charmantes promenades dans la cam-

pagne et même dans la ville. On y marche sur de
beaux trottoirs, comme dans une chambre. Cette
ville est ravissante, rien n'y manqueroit à mon
bonheur si mes *trois garçons* y étoient avec moi.

Écrivez-moi par le petit Lepeintre, cher enfant,
et mandez-moi tout ce que vous savez de nouvelles. Faites mes complimens à MM. Liébaud
et Millin quand vous les verrez. Pensez quelquefois à votre tendre amie.

Les boutiques, ici, sont charmantes. Nous n'a-
vons pas encore eu le temps d'y aller. Quand
nous irons, nous y achèterons quelque rareté pour
mon Léodgard [1]. Adieu, *dearest child of my heart.*

Du reste, Mme de Genlis ne négligeait rien
pour distraire, pour étourdir la jeune et intéressante élève qui lui avait été confiée et qu'at-
tristaient à la fois l'état de sa santé, son éloignement de la France et la crainte des dangers
terribles qui menaçaient sa famille. A Bath, où
il y avait une excellente troupe de comédiens
qui jouaient la tragédie et la comédie, elles al-
laient souvent au spectacle; puis, elles assis-

---

1. Un des prénoms du duc de Beaujolais.

taient aux courses de New-Market, visitaient
l'université de Ca: bridge, les merveilleuses
grottes de Derbyshire, ou elles voyageaient
dans l'intérieur des provinces d'Angleterre [1].
Mais l'argent devenait rare à cette époque; vint
le quart d'heure de Rabelais, et la gouvernante
fut obligée de rendre ses comptes au duc d'Orléans qui, en raison des malheurs du temps, ne
lui avait pas ouvert un crédit illimité. Voici la
curieuse lettre qu'elle lui écrivit à ce sujet :

Londres, mardi 17 janvier 1792.

Je vous envoie le compte total de dépense depuis celui que vous a porté M. Voydel jusqu'à
ce jour. Vous trouverez que depuis trois mois
moins une semaine, il y a eu un peu plus de
10,000 francs de dépensés, ce qui passe de
2,000 francs environ la somme que vous avez fixée ;
mais il faut songer que l'inexpérience, des fri-
ponneries inévitables dans les commencemens
pour des étrangers, les séjours les plus chers de
l'Angleterre, Bath et Londres, des frais d'établis-

---

1. *Mémoires, passim.*

sement, des choses achetées et qui restent, etc. [1],
ont dû rendre les premiers trois mois, sans aucune
comparaison, plus chers que ceux qui suivront.

Nous allons quitter Londres et aller aux eaux
de Scarborough, province éloignée où l'on vit,
dit-on, à très bon marché. Nous passons à Cam-
bridge et de là à Edmond's-Bury qui est à vingt
milles et qui est surnommé le Montpellier de
l'Angleterre. Nous y resterons aussi quelques
jours, et puis nous continuerons doucement notre
route jusqu'à Scarborough, où nous passerons
tout le reste de l'hiver, et où, j'espère, nous épar-
gnerons bien de l'argent. Cette vilaine dépense
est ma croix et un tourment inouï pour moi.
Quand je suis venue seule en Angleterre avec
M. Myris, j'y passai cinq semaines et trois jours.
Je n'avois qu'une femme de chambre et deux domestiques, je n'y eus assurément aucun faste, je
n'y achetai de petites choses que pour 60 louis,
et mon voyage me coûta 9,000 francs. Il est
vrai que comme c'étoit de l'argent à moi
(de mes ouvrages), je n'étois pas Harpagon
comme je le suis de votre argent, et j'avoue par
exemple que chez nous, nous faisions très bonne

---

1. Les habits complets des gens, des selles anglaises, pistolets, etc. *(Note de Mme de Genlis.)*

chère, au lieu que depuis que nous sommes en Angleterre, notre table est d'une frugalité dont il y a peu d'exemples.

A Bath, où les chaises à porteurs étoient hors de prix et où, le matin, mon économe Henriette faisoit mille courses pour la maison, elle n'a jamais pris une chaise pour ces courses et les a toutes faites à pied, quelque temps qu'il fît, ce qui m'a coûté beaucoup de souliers que j'ai la noblesse d'âme de ne vous pas compter. Nous n'avons pris un laquais de louage que les premiers jours. Paméla étoit l'interprète dans la maison pour les ouvriers, et Henriette avec Hovain pour les commissions du dehors. Faisant faire notre cuisine à Bath, par Hovain, et ne voulant ni marmiton ni laquais de louage, les domestiques l'aidoient dans la cuisine, de manière que nous nous servions nous-mêmes à table.

Je vous passe bien d'autres détails de ce genre qui vous prouveroient qu'on peut être fort économe sans l'être jusqu'à ce point. Avec cela je suis désolée que nous ayons passé ce que vous aviez prescrit; mais nous ne reviendrons plus à Londres. Ce petit séjour a été cher parce que j'ai voulu tout voir en peu de temps : toutes les belles pièces de théâtre, tous les monuments, un carrosse tous les jours, etc. Désormais, plus de spec-

tacles, une province éloignée; nous regagnerons
les dépenses faites. Je saurai demain ce que vous
avez mandé à M. de la Cour de nous donner régulièrement. J'ai oublié ce que vous m'aviez
mandé là-dessus; j'imagine que ce sera tous les premiers mois : ce qui doit faire, argent de France,
environ 4,000 francs moins quelque chose
par mois. Mais nous devons ici le carrosse de
louage et quelques chiffons achetés par Mademoiselle [1]. Ainsi, pour être au courant, il faudra que
vous donniez ordre à M. de la Cour de nous
donner 100 guinées qui acquitteront le surplus
de dépenses occasionné par ces courses de
Londres. Ensuite, il payera le premier de février,
ce qui nous revient, et nous serons bien et au
courant, et toutes les grandes dépenses faites,
nous n'en ferons certainement plus d'extraordinaires. Les habits des gens et redingotes ont
coûté 17 guinées, les selles et pistolets 23, ce qui
fait pour ces seuls articles 40 guinées.

Nous avons aussi acheté fourchettes, cuillères
d'argent, huilier plaqué, assiettes, etc., ce qui est
dû à Bath, par Hovain, à une personne qui lui a
prêté pour s'acquitter en partant. Ainsi, les 100

---

1. Cinquante-neuf guinées dues à Bath. (*Note de Madame de Genlis.*

guinées de surplus que je vous demande paye-
ront ces achats extraordinaires qui ne se renou-
velleront plus, de même que la dépense de
Londres. J'attends pour partir d'ici votre réponse
et ces 100 guinées.

Quant à votre vin, nous n'avions jamais
compté y toucher. Mademoiselle, Paméla et moi
n'en buvons point, M. Lepeintre et Henriette
très rarement, et je crois que depuis que nous
sommes à Londres, nous en avons acheté environ
cinq ou six bouteilles. Quant à ce que vous nous
dites que nous pouvions prendre deux ou trois
domestiques de plus, cela étoit impossible avec la
somme que vous avez fixée.

5.

IV

IL y avait près d'un an que Mme de Genlis était en Angleterre. Là, entourée des hommes les plus distingués, les Fox, les Sheridan, les Castlereagh, dont elle avait fait sa société habituelle, elle se laissait aller tout doucement aux rigueurs d'un exil qui avait ses compensations, quand le duc d'Orléans redemanda sa fille. D'abord, la gouvernante hésita, résista même; elle se refusait tout au moins à prendre avec son élève le chemin de la France, qui était livrée alors aux violences des partis (les massacres des prisons venaient d'avoir lieu); mais, sur les représentations de Sheridan, elle se décida à partir, et, après quelques épisodes plus ou moins dramatiques racontés par elle, les voyageuses arrivèrent à

Paris; mais le duc d'Orléans les fit repartir presque aussitôt pour la Belgique.

A compter de ce moment, ce ne furent bientôt que marches et contremarches, allées et venues pour la gouvernante et pour l'élève. Leur vie devint une odyssée. Proscrites comme émigrées, elles allèrent demander, ainsi que tant d'autres, quelque repos à l'étranger.

Après un séjour assez prolongé à Tournai, où elle vit le général Dumouriez et assista pour ainsi dire à sa défection (26 mars 1793), Mme de Genlis, toujours accompagnée de Mademoiselle d'Orléans, traversa une partie de l'Allemagne et se rendit en Suisse, où le jeune duc de Chartres vint les rejoindre. Ils s'établirent à Zug, sous des noms supposés. Celui de Mme de Genlis lui avait attiré plus d'un désagrément pendant ses voyages; les émigrés l'appelaient alors la *Citoyenne*, la *Jacobine;* on la considérait comme la conseillère, l'instigatrice de complots qu'elle a cherché plus tard à désavouer [1]. Quoi qu'il en

1. De même, elle a voulu expliquer l'emploi de son temps postérieurement à la Révolution, en publiant un volume que

soit, son *incognito,* ainsi que celui de la jeune
princesse et de son frère ayant été révélé, l'autorité locale leur ordonna de s'éloigner, circonstance dont se souvint peut-être trop Mme de
Genlis, lorsque, plus tard, dans quelques-uns
de ses ouvrages, ayant à parler du gouvernement des petits cantons helvétiques, elle le fit
avec tant d'amertume.

Le général Montesquiou, réfugié comme
eux, lui procura alors, ainsi qu'à la jeune princesse, un asile dans un couvent de Bremgarten.
Là, elle écrivit lettre sur lettre à la duchesse
d'Orléans, qui dédaigna de lui répondre, et qui
cherchait toujours le moyen de retirer sa fille
des mains de son institutrice. Dans ce but, la
tante de Mademoiselle Adélaïde, la princesse de
Conti, qui était elle-même dans un couvent à Fribourg, demanda sa nièce à l'institutrice qui, dans
ses *Mémoires* et ailleurs, s'est attribué le mérite

nous avons déjà cité et qui porte ce titre : *Précis de la conduite de Mme de Genlis depuis la Révolution* (Hambourg, Hoffmann, 1796, in-18), avec cette pensée de Mme de Maintenon
pour épigraphe : « On ne triomphe de la calomnie qu'en la dé-
daignant. »

de l'initiative à cet égard, tandis que des biographes prétendent le contraire et disent même
qu'elle avait abandonné la jeune princesse, qui
alla rejoindre alors sa tante à Fribourg. Quoi
qu'il en soit, l'élève et la gouvernante se séparè-
rent cette fois pour toujours, et, en se quittant,
cette dernière, fidèle à ses habitudes pédagogi-
ques, remit à son élève une lettre, ou mieux, une
longue instruction en forme d'adieux (chose
qu'elle faisait toujours en pareille circonstance,
comme le Parthe lance son trait en fuyant), et
dans laquelle elle lui donne le conseil de choisir
toujours pour ses lectures les meilleurs auteurs, tels que Massillon, Bourdaloue, Fénelon, etc., et, ajoute-t-elle, les *Annales de la
Vertu* et les *Veillées du château,* c'est-à-dire
deux de ses propres ouvrages [1].

Libre désormais, rendue à elle-même, Mme de
Genlis put recommencer ses pérégrinations [2].

---

1. Cette lettre se trouve au tome IV, page 259, de ses *Mémoires,* et page 166 du *Précis de sa conduite.*

2. Son mari, dont la vie politique se trouva mêlée à celle du
duc d'Orléans, était mort révolutionnairement dans l'intervalle. Nommé d'abord député aux états généraux sous le nom

Du reste, elle y fut contrainte : car, peu après, son vrai nom ayant été connu (elle avait pris celui de Mme Lenox au couvent de Bremgarten), on l'invita à chercher un autre refuge.

Cette fois, craignant qu'il n'y eût plus désormais pour elle de sécurité en Suisse, elle résolut de quitter cette contrée et partit pour la Hollande, d'où elle se rendit ensuite à Altona, à Hambourg et à Berlin, évitant avec soin la rencontre des émigrés royalistes qui se trouvaient çà et là sur sa route. Obligée de sortir de Prusse sur l'ordre même du roi, elle revint à Hambourg, ville dans les environs de laquelle s'était fixé son gendre, le comte de Valence ; puis, pour échapper aux traits mordants des émigrés dont le pays était rempli et parmi lesquels figurait Rivarol, qui l'accabla de ses épigrammes[1], elle se retira dans une ferme du

de marquis de Sillery, il fut ensuite appelé à la Convention et compris dans la proscription, suite des événements.

1. A quelqu'un qui lui demandait son sentiment sur Mme de Genlis, Rivarol répondit ; « Je n'aime que les sexes prononcés. » Il répandit le bruit qu'elle allait épouser Necker, devenu veuf, trouvant ainsi piquant de la marier à un bourgeois de Genève, elle dont on connaissait l'infatuation pour la noblesse, et sur-

Holstein qu'exploitait le comte de Valence; et
partout, sur son passage, une aventure romanesque lui arrivait, une rencontre singulière
avait lieu. A Altona, c'est un gros boulanger
allemand qui la recherche en mariage; à Berlin,
malgré ses cinquante-quatre ans, elle inspire
une passion violente, dit-elle, à un conseiller,
jeune homme de vingt et un ans, qui veut se
tuer pour elle, etc.

On peut être surpris que, au milieu de tant
d'incidents à sensation, de tant de déplacements
successifs, elle trouvât la possibilité d'écrire,
qu'elle eût assez de liberté d'esprit pour s'occuper de travaux littéraires. C'est pourtant au
cours de cette vie errante qu'elle composa un
grand nombre de ses ouvrages. Ici, elle termine
ses *Petits Émigrés*, là, elle commence les
Vœux téméraires, ailleurs, elle ajoute quelques pages à son *Herbier moral;* plus loin,
elle lance du fond de sa retraite (1795) ses

---

tout de lui donner pour belle-fille Mme de Staël. Enfin Rivarol
fit une parodie du *Songe d'Athalie,* où elle figure à côté de
l'abbé Gauchat et de Buffon, qui y joue aussi un rôle ridicule.

Chevaliers du Cygne, livre rempli d'allusions
hostiles contre Marie-Antoinette, de même que
contre la royauté, ce qui porta à son comble la
fureur des émigrés.

Vers cette époque elle écrivit à l'aîné de ses
anciens élèves, au jeune duc d'Orléans, qu'elle
croyait en Amérique, mais qui voyageait alors
dans le nord de l'Europe, une très curieuse
lettre qu'on trouvera à l'*Appendice,* et par
laquelle elle exhorte ce prince à refuser la couronne qu'une faction d'émigrés était, disait-on,
disposée à lui offrir. Et comme elle était elle-
même accusée de faire partie de cette faction,
elle écrivit la lettre dont il s'agit en vue de se
justifier et d'obtenir du Directoire, qui gouver-
nait alors, sa radiation de la liste des émigrés.

Mais le moment approchait où elle allait être
autorisée à rentrer en France, faveur qu'elle
n'avait cessé de solliciter et qu'elle obtint du
premier consul, qui fit rayer son nom de la
liste des émigrés et lui accorda en outre une pension de 6,000 francs, plus un logement à l'Ar-
senal, avec le droit de prendre dans la biblio-

thèque tous les livres dont elle aurait besoin. Elle ne tarda pas à se brouiller avec Ameilhon, conservateur de cet établissement; mais elle s'attacha avec soin à conserver les bonnes grâces de Napoléon, qui, curieux de tirer parti des connaissances qu'elle avait acquises des per- sonnes et des choses de l'ancienne cour, l'auto- risa, sur sa demande, à lui écrire tous les quinze jours des lettres particulières sur « la politique, les finances, la littérature, la morale, enfin sur tout ce qui lui passerait par la tête ». Ces lettres, dont Mme de Genlis ne donna que quelques faibles extraits, n'ont jamais été imprimées *in extenso*, et ses ennemis en suspectèrent dès lors le contenu, le caractère, prétendant que si elles eussent été aussi inoffensives qu'elle le disait, elle n'eût pas manqué de les publier, elle qui imprimait tout, « jusqu'aux ordonnances de son médecin et aux mémoires de son apothi- caire[1] ».

Quoi qu'il en soit, cette correspondance dura

---

1. *Madame de Genlis en miniature*, p. 291.

longtemps, et les relations, qui se resserrèrent
ainsi entre Napoléon, devenu empereur, et
Mme de Genlis, furent très fructueuses à cette
dernière et aux siens : son frère, le marquis
Ducrest, eut une pension de 1,000 écus; sa
nièce fut placée auprès de l'impératrice José-
phine, et elle obtint pour elle-même, de la reine
de Naples, femme de Joseph Bonaparte, une
seconde pension de 3,000 francs. Alors son
dévouement, son enthousiasme pour Napoléon
et sa famille ne connurent plus de bornes, et
elle prit à partie tous ceux qui ne s'inclinaient
pas devant l'homme du destin, devenu son
idole. Cependant, à la rentrée des Bourbons,
elle s'empressa, comme tant d'autres émigrés
qui avaient été comblés des bienfaits de Napoléon, d'aller offrir ses hommages et ses services
à Louis XVIII, qui répondit que, « si en politique Mme de Staël était beaucoup trop homme,
Mme de Genlis était un peu trop femme ».

La Restauration lui refusa donc son concours.
Alors elle se retourna du côté du duc d'Orléans
et de la princesse Adélaïde, envers lesquels elle

avait eu des torts pendant l'émigration, et qui l'accueillirent assez froidement. Toutefois, elle eut une pension du duc d'Orléans, qui lui faisait quelques visites *incognito,* sans la recevoir ostensiblement au Palais-Royal, où elle allait cependant de temps en temps.

Elle se résigna tant bien que mal à ce régime de faveurs tempérées de la part de ses anciens élèves, y trouvant une sorte de compensation dans les visites imprévues, dans les connaissances nouvelles que lui attirait curieusement chaque jour la grande notoriété de son nom et de ses aventures. D'ailleurs, ses ennemis eussent suffi pour la tenir en haleine. Elle ne faisait rien pour les désarmer ni pour en diminuer le nombre. Au contraire, ils se multiplièrent à l'envi autour d'elle, grâce à ses hauteurs, à son langage impérieux, tranchant et agressif : on eût dit qu'elle y prenait plaisir, qu'elle recherchait plus que jamais cette vie de polémique et de combat qui avait marqué ses premiers pas dans la carrière. Aussi sont-ils nombreux, les couplets et les brocards qu'on fit

pleuvoir sur elle; elle devint le point de mire
de mille jeux de mots, d'épigrammes de toute
espèce et généralement d'une révoltante obscé-
nité [1]. Toutefois, dans sa jolie satire des *Nouveaux Saints,* Marie-Joseph Chénier lui a décoché quelques vers qui peuvent être reproduits
sans scrupule :

> J'aperçois le phénix des femmes beaux esprits.
> Son libraire tout seul connaît tous les écrits
> Dont madame Honesta daigne enrichir la France.
> Vous n'y trouverez point cette heureuse élégance,
> Cet esprit délicat dont les traits ingénus
> Brillaient dans Sévigné, La Fayette et Caylus.
> C'est un lourd pédantisme, un ton sévère et triste;
> C'est Philaminte encor, mais un peu janséniste.
> « De la France avec moi le bon goût avait fui,
> Dit-elle; après dix ans j'y reviens avec lui :
> Plaignant du fond du cœur ma patrie en délire,
> J'arrive d'Altona pour vous apprendre à lire. »
>
> . . . .
> . . . .

Dans cette même satire, Chénier appelle
Mme de Genlis « mère de l'Église », faisant

---

1. Voir à cet égard les *Mémoires de Bachaumont* des 29 janvier, 3, 14, 15 février, 17 avril 1782 et 13 juillet 1784.

ainsi allusion à deux ouvrages de théologie et
de morale qu'elle avait publiés sous son nom,
mais qui furent attribués plus tard, comme nous
l'avons dit, à l'abbé Gauchat et à l'abbé Lamourette. Au surplus, un jour, à Berlin, le
docteur Gall, en explorant les protubérances
de sa tête, lui avait trouvé la bosse de la religion à un point de grosseur « véritablement
extraordinaire », dit-elle; sur quoi M. de Tal-
leyrand, présent à la séance, ainsi que plusieurs
dames de la cour, s'écria, avec ce ton moitié
ironique, moitié câlin dont il avait le secret :
« Vous voyez, Mesdames, que madame n'est
pas une hypocrite. »

Les détracteurs de Mme de Genlis furent peut-
être encore plus acharnés en prose qu'en vers,
bien que moins crus parfois dans leurs propos.
Rivarol prétendait que « le Ciel avoit refusé la
magie du talent à ses productions, comme le
charme de l'innocence à sa jeunesse ». Le
comte de Tilly a dirigé contre elle le pamphlet
le plus violent, le plus excessif qui ait jamais
été lancé contre une femme auteur, espèce de

réquisitoire qui ne contient pas moins de vingt pages de ses *Mémoires* [1]. Musset-Pathay l'a également criblée de ses traits dans un chapitre *ad hoc* de ses *Contes historiques,* intitulé LA LUNE ROUSSE [2]. Renchérissant sur l'un et sur l'autre, M. de Sevelinges a publié un livre tout entier sur elle, livre spirituel, mordant, intitulé : *Madame de Genlis en miniature* [3]. Nous n'en finirions pas si nous rappelions seulement les noms des écrivains qui l'ont accablée de leurs sarcasmes. Et, chose étrange ! les femmes de lettres attaquées par elle se montrèrent plus généreuses que les hommes. Mme Necker et Mme Cottin, qu'elle avait l'une et l'autre passées au fil acéré de sa plume, ne se plaignirent pas plus que Mme de Staël ; mais d'autres

---

1. *Mémoires du comte de Tilly* : Paris, 1828, 3 vol. in-8o, t. III, p. 303 à 322.

2. *Contes historiques,* par Musset-Pathay : Paris, 1826, 1 vol. in-8o, p. 258 à 271. Musset-Pathay n'avait pas tenu le même langage cinq ans auparavant dans son *Histoire de J.-J. Rousseau,* t. II, p. 96, où il porte littéralement l'encensoir sous le nez de Mme de Genlis, en disant, entre autres douceurs, « qu'elle est de tous les disciples de J.-J. Rousseau *celle* qui fait le plus honneur au maître ».

3. *Madame de Genlis en miniature,* Sevelinges : Paris, 1826.

femmes auteurs ne montrèrent pas la même longanimité, et, sous le nom de Mme de Gercourt, Mme Sophie Gay, dans son roman de *Laure d'Estell,* publié en 1802, lui fit jouer un très vilain rôle. La baronne d'Oberkirch l'a également ridiculisée dans plusieurs endroits de ses *Mémoires.*

Mme de Genlis ne se borna pas à cette petite guerre littéraire, à ces escarmouches nées de la jalousie du métier et de l'infatuation de soi-même; elle se chargea la conscience d'un fait plus grave, d'une agression gratuite. De même qu'elle avait porté une main détournée sur Marie-Antoinette, elle attaqua, de front cette fois, l'amie de cette malheureuse reine, la princesse de Lamballe, autre touchante victime de nos discordes civiles. Elle lui attribua des travers, des ridicules, des petitesses de caractère et d'esprit, sur lesquelles il est inutile d'insister, M. de Lescure en ayant fait bonne et éclatante justice[1]. Mais ce qui a lieu d'étonner, c'est que

1. *La Princesse de Lamballe, sa vie, sa mort,* par M. de Lescure : Plon, 1864, 1 vol. in-8°, p. 81 et suiv.

le secrétaire intime de la duchesse d'Orléans
publia, en 1822, le *Journal* de la vie de cette
princesse, journal où il est parlé en termes
fort élogieux de Mme de Genlis [1]. On y trouve
en effet une espèce de panégyrique de l'ancienne gouvernante, dont on va jusqu'à citer
avec complaisance des pages entières de ses ouvrages.

Que conclure de tout cela, sinon que la duchesse d'Orléans, en permettant un tel langage
à son secrétaire intime, se montrait de plus en
plus digne de son noble père, et qu'elle pra-
tiquait comme lui le pardon des injures et
l'amour du prochain à un degré peu commun.

Au surplus, si, comme nous l'avons dit,
Mme de Genlis eut ses détracteurs, les prôneurs,
les thuriféraires ne lui manquèrent pas non
plus, et parmi ceux-ci on voit apparaître Buffon
et M. de Fontanes. Elle eut le courage de consigner dans ses *Mémoires* (t. V, p. 142) la lettre

---

1. *Journal de la vie de* Son Altesse Sérénissime *Madame la
duchesse d'Orléans*, par E. Delille, son secrétaire intime. Paris,
1822, 1 vol. in-8°.

singulière que ce dernier lui adressa et dans laquelle il la comparait à Fénelon et la mettait
au-dessus de Mme de Sévigné et de Mme de La
Fayette. Mais, s'il est quelque chose de plus
ridicule encore que cette lettre, c'est celle que
Buffon lui écrivit également, et qu'on trouve
dans la *Correspondance littéraire* de Grimm
(janvier 1780). Mme de Genlis eut, cette fois, la
modestie de ne pas publier cette missive dans
ses *Mémoires,* mais, au dire de Bachaumont
(13 mars 1780), elle la répandit avec complaisance, puis fit mine de se fâcher de la publicité
qui lui avait été donnée (12 décembre 1787).
Dans tous les cas, cette pièce curieuse, monu-
ment d'un accès d'aberration d'un grand esprit,
mérite de passer à la postérité, et nous la tran-
scrivons ici pour l'édification de ceux qui peuvent l'avoir oubliée.

Janvier 1780.

Je ne suis plus amant de la nature; je la quitte
pour vous, Madame, qui faites plus et qui méritez
mieux. Elle ne sait que former des corps, et vous

créez des âmes. Que la mienne n'est-elle de cette heureuse création! J'aurois ce qui me manque pour plaire, et vous jouiriez avec plaisir de mon infidélité. Pardonnez-moi, Madame, ce moment de délire et d'amour. Je vais maintenant parler raison.

Votre charmant *Théâtre* m'a fait autant de plaisir que si j'étois encore dans l'âge auquel vous l'avez consacré. Vieux et jeunes, grands et petits, tous doivent étudier ces tableaux si touchans où les vertus données par l'éducation triomphent des vices et des ridicules. Chaque trait porte l'empreinte de votre âme céleste. Vous l'avez peinte à chaque scène sous un emblème différent et sous la morale la plus pure. Une connoissance parfaite du monde, toutes les grâces de l'esprit et du style, ont conduit aussi vos pinceaux, et, quoique vous n'ayez point parlé de Dieu, je crois néanmoins aux anges. Vous êtes un de ceux qu'il a le mieux doués. Recevez en cette qualité toutes mes adorations. Nul mortel ne peut vous en offrir de plus sincères.

BUFFON.

V

En définitive, de même que nous l'avons vue, lorsqu'elle était au Palais-Royal, se montrer jalouse des personnes qui la gênaient et parvenir à les écarter afin de régner sans partage, de même, à toutes les époques de sa vie, Mme de Genlis s'appliqua à déprécier les écrivains contemporains et certains personnages de marque, afin d'occuper seule l'attention publique. Son péché mignon était l'ostentation, l'orgueil, auquel elle joignait une dose de dissimulation et même de fausseté, ainsi qu'elle-même en a fait l'aveu. C'était avant tout un esprit ombrageux et despote, une femme à systèmes, à projets préconçus, qui croyait à la puissance de ses idées, à l'infaillibilité de ses décisions. Et c'est là qu'il faut chercher et qu'on trouve le principe des torts

graves qu'elle s'est donnés envers la plupart de
ses contemporains, et surtout à l'égard de la
maison d'Orléans, qui n'avait eu pour elle et
les siens que des bontés, et dont la main géné-
reuse alla la chercher, sur ses vieux jours, jus-
que dans l'ombre de sa modeste retraite. Enfin,
c'est son orgueil qui, contre toute espèce de
droit, lui fit opposer une longue résistance aux
vœux si naturels d'une mère qui redemandait
sa fille.

Tous ces faits donnent la note des exigences
despotiques, des prétentions hautaines que
Mme de Genlis apportait dans la vie privée,
comme aussi de la passion qui la poussait vers
la politique et lui faisait adopter successivement
tous les régimes. En toute chose elle ne procé-
dait que par accès et par excès.

Et cependant cette femme, à laquelle on pouvait soupçonner un cœur sec et égoïste, avait
des qualités estimables. Elle aima sincèrement
ses élèves, surtout Madame Adélaïde, et sa tendresse pour ses propres enfants est connue.
Elle montrait, en outre, pour les petits et les

humbles une extrême sensibilité; elle adopta et traita en mère dévouée plusieurs déshérités qu'elle rencontra sur son chemin et dont elle assura l'avenir.

D'abord, elle adopta une jeune fille anglaise appelée Nancy Syms, qu'elle nomma Paméla, la belle, la douce, la bonne Paméla, dont elle fait tant l'éloge, et qu'elle maria à lord Édouard Fitz-Gérald, mort en Écosse d'une façon tragique[1]; ensuite elle recueillit une autre jeune personne du nom d'Helmina; puis Stéphanie Alyon, sa filleule; puis un petit garçon prussien dont elle avait connu la mère pendant son séjour à Berlin, et qui, plus tard, se fit un nom par la supériorité de son talent sur la harpe, instrument qu'il perfectionna[2]; enfin, elle s'attacha un orphelin sans appui, âgé de cinq ans, qui avait des dispositions heureuses de plus d'un genre et ne trompa point ses espérances. Bref, elle avait voué sa vie aux enfants, à leur

---

1. Il fut condamné à être pendu à Dublin, comme révolutionnaire.

2. Elle appela cet enfant « Casimir », du nom d'un fils qu'elle avait perdu.

éducation, à leur bien-être : elle était leur providence; et quand les moyens dont elle dispo-
sait personnellement étaient insuffisants pour
assurer leur avenir, elle avait recours aux libé-
ralités du duc ou de la duchesse d'Orléans
auxquels elle ne s'adressait pas en vain.

Tous ces actes de dévouement et d'humanité
nous semblent de nature à faire pardonner bien
des choses à une femme qui, toutefois, persista
plus que jamais dans cet esprit de dénigrement
et de haine qu'elle avait voué aux écrivains philosophes, et qui contrastait si fort avec ses opinions d'autrefois, vers lesquelles cependant elle
avait de temps à autre des retours. Ses premières aspirations lui revenaient alors ardentes
et vivaces, et, dans un de ces moments, elle ap-
prouva, dit-on, certains excès de la Révolution,
en prétendant qu'on n'était pas allé *trop loin*,
mais qu'on était allé *trop vite*.

Du reste, elle « conserva jusqu'à la fin, dit
un de ses biographes, les grâces et même la
légèreté d'un esprit qui avait survécu tout entier à ses quatre-vingt-trois ans. Elle affichait

alors une prétention bizarre au titre de « bonne
femme de ménage », et se plaisait à se faire
voir sous cet aspect à ceux qui venaient la vi-
siter. « Permettez, Monsieur, disait-elle dans
« une de ces occasions, que je finisse mon pot-
« au-feu; avant d'être femme de lettres, je suis
« ménagère. » Puis, elle se mettait à éplucher
des carottes et des poireaux, les mettait dans sa
marmite, qu'elle écumait; elle ôtait ensuite son
tablier de cuisine et venait enfin se prêter à la
curiosité du visiteur [1]. »

Elle changea cinq ou six fois de domicile
dans ses dernières années, et finalement elle habitait près de l'église Saint-Philippe-du-Roule
quand elle mourut, presque subitement, le
31 décembre 1830, c'est-à-dire après avoir eu
la joie et l'orgueil de voir monter sur le trône
l'aîné de ses élèves.

Elle travailla jusqu'à sa dernière heure, et,
indépendamment des quatre-vingts ou cent volumes qu'elle avait publiés, elle laissa, dit-on,

---

1. *Biographie* Michaud, Supplément.

deux ouvrages manuscrits : *Alfred le Grand,*
roman historique, et *Idalie,* poème dont elle
avait donné quelques extraits dans son *Journal
imaginaire.*

Voulant être malin et spirituel, — ce qui lui
arrivait souvent, sans toujours réussir, — Sainte-
Beuve a dit que Mme de Genlis, comme écrivain, était « toujours bien, jamais mieux ».

Plût au ciel que nos écrivains modernes, —
et Sainte-Beuve tout le premier, — fussent
toujours *bien* dans leurs productions ! On ne
leur en demanderait pas davantage, on les
tiendrait quittes du *mieux,* lequel, selon le
proverbe, est presque toujours l'ennemi du
« bien », attendu qu'on s'égare à sa recherche
et que la perfection n'est pas de ce monde.
Mais Sainte-Beuve ne s'arrête pas là. Après
avoir tâché d'amoindrir le mérite du roman
intitulé : *Mademoiselle de Clermont,* une des
plus charmantes productions de Mme de Genlis, et qui passe pour un petit chef-d'œuvre, il
ne daigne même pas citer certains autres ouvrages d'elle, auxquels est également attachée

l'estime des connaisseurs; mais on est habitué aux oublis volontaires de Sainte-Beuve, de même qu'à ses appréciations, ou mieux ses « dépréciations », si l'on peut dire.

Toutefois, si nous n'approuvons pas le procédé, la méthode suivie par Sainte-Beuve, nous ne partageons pas non plus sans réserve l'opinion de Grimm, qui avait bien autant d'esprit et de malice féline que notre académicien, mais qui avait ses heures d'équité, d'impartiale critique. Grimm a fait un très vif éloge du *Théâtre d'éducation* de Mme de Genlis, dans lequel il trouve, dit-il, « la morale présentée avec toutes les grâces de l'imagination la plus heureuse et de la sensibilité la plus douce ». Selon lui, une des pièces de ce théâtre (*la Colombe*) offre des images dignes de la touche gracieuse du Guide ou de l'Albane (*Correspondance littéraire*, janvier 1780). Plus loin (novembre de la même année), à l'occasion du *Cours d'éducation* et des *Annales de la vertu,* Grimm prétend « qu'il ne faut pas moins, pour exécuter un si beau plan, que l'esprit de Locke,

le génie de Rousseau, l'âme de Fénelon et la
naïveté de Gessner ».

De telles exagérations font sourire.

Quant à nous, nous nous bornerons à dire
que Mᵐᵉ de Genlis ne possède qu'à un faible
degré certaines des qualités que Grimm se plaît
à lui attribuer; qu'elle n'a ni l'éclat ni la vigueur de pensée de Mᵐᵉ de Staël, non plus que
la sensibilité de Mᵐᵉ Cottin, — femmes qu'elle
a amèrement critiquées, — mais elle l'emporte
peut-être sur l'une et sur l'autre pour l'invention proprement dite, et, à coup sûr, pour la
fécondité, en ce qui s'entend de l'abondance et
de la facilité de produire sans s'épuiser. En
résumé, son style franc, précis, toujours élé-
gant et pur, plaît par sa forme éminemment
française, et nous le préférons de beaucoup au
style mêlé et entortillé de certains adeptes de
l'école moderne, participant à la fois du clas-
sique et du romantique, sans avoir un caractère net et tranché.

APPENDICE

OMME l'étude qui précède est un travail complexe, c'est-à-dire présentant Mme de Genlis dans la plupart des phases de sa vie, nous jugeons à propos et piquant à la fois de mettre sous les yeux du lecteur, en forme de conclusion, quelques-unes des lettres qu'elle écrivit dans ces diverses situations et dont plusieurs sont inédites.

Nous reproduirons d'abord, en raison de son importance et de la curiosité particulière qui s'y attache, la lettre que nous avons annoncée plus haut, et que Mme de Genlis écrivit au jeune duc d'Orléans pour le détourner d'accepter la couronne qu'une faction d'émigrés était disposée, disait-on, à lui offrir. Mme de Genlis était alors installée, avec sa nièce et M. de Valence, dans une ferme située sur le territoire du Holstein, à quelques lieues de Hambourg, et, dans cette lettre, peu connue, bien qu'elle ait été rendue publique à sa date et qu'elle soit reproduite dans le *Précis*, auquel nous l'empruntons, Mme de

Genlis fait l'apologie de la République et du Directoire, dont elle espérait sa radiation de la liste des
émigrés.

Les autres lettres qui suivent, et dont la date est
beaucoup plus rapprochée de nous, ont été successivement adressées par Mme de Genlis à diverses personnes avec lesquelles elle entretenait des relations
littéraires ou des rapports d'amitié.

Ces lettres sont inédites et offrent un intérêt varié.
Nous en devons la communication à l'obligeanc
d'un ami.

LETTRES

DE MADAME DE GENLIS

AU DUC DE CHARTRES [1].

De Silk, pays de Holstein, ce 8 mars 1796.

GNORANT absolument, Monsieur, depuis
près de deux ans le lieu que vous ha-
bitez, et n'ayant avec vous aucune
espèce de correspondance depuis dix-huit mois,
je prends la liberté de rendre cette lettre publique.
De cette manière elle vous parviendra dans quelque lieu que vous soyez. Tant que j'ai pu vous

---

1. Nous ignorons pourquoi Mme de Genlis qualifie le jeune
prince duc *de Chartres*, titre qui avait fait place à celui de duc
d'Orléans à la mort de son père.

être utile, ainsi qu'à votre intéressante et malheureuse sœur, j'ai dû conserver avec vous des rapports
intimes; c'est ce que j'ai fait et ce que je désirerois
faire encore si vous aviez besoin de moi A l'époque
où j'ai quitté la Suisse (au mois de mai 1794),
nous étions séparés, vous et moi, depuis un an;
vous étiez fort loin de moi, vous deviez votre asile
à la recommandation d'une personne avec laquelle
je n'avois aucune liaison; une juste reconnoissance
vous a inspiré pour cette personne autant de confiance que d'amitié; ses conseils pouvoient vous
être plus utiles que les miens, puisque j'étois seule
avec Mademoiselle d'Orléans, renfermée dans un
couvent, où j'ai passé avec elle un an dans la plus
profonde solitude, uniquement occupée à soigner
sa santé et à perfectionner les talens que je lui ai
donnés.

Quand je suis arrivée (il y a vingt et un mois)
dans ce pays, j'ai désiré y vivre absolument
ignorée; de sorte que, vous écrivant très rarement
et ne voulant point confier mon secret à la poste,
je ne vous ai point mandé où j'allois. Cependant
j'ai trouvé le moyen, sans vous dire mon nom
supposé et le lieu que j'habitois, de vous donner
de mes nouvelles et en même temps je vous indi-
quois une adresse pour m'écrire; c'est au mois
d'octobre 1794 que j'ai reçu de vous la dernière

lettre qui me soit parvenue. Elle ne contenoit,
ainsi que les précédentes, que l'expression de votre
reconnoissance et de votre tendresse pour moi ; et
le doux nom de *mère* que vous m'y donnez toujours
doit me convaincre que, malgré le mystère de votre
conduite, votre cœur est toujours pour moi ce qu'il
doit être : car depuis cette époque, n'ayant eu aucune sorte de relation avec vous, je n'ai rien pu
faire qui ait dû jeter du refroidissement entre nous.
Il y a encore dix mois qu'on m'envoya une lettre
pour vous, imaginant que je savois votre adresse.
Tout le monde assuroit que vous étiez dans ce
pays, et même on nommoit votre correspondant ;
je lui fis demander le nom du lieu que vous habi-
tiez ; il répondit qu'en effet il le savoit, mais qu'il ne
pouvoit me le dire ; je n'insistai point, et j'envoyai
la lettre. Je n'entendis pas parler de vous, et je ne
fis aucune démarche pour vous voir et pour vous
écrire ; mais, je le répète, si j'avois eu la moindre
espérance de vous être de quelque utilité, j'aurois
été vous prévenir et vous chercher avec le plus vif
empressement.

J'ai lu dans les papiers publics de ce pays une
lettre sous votre nom qui annonçoit, il y a quelques mois, que vous partiez pour l'Amérique.
Comme vous n'avez point désavoué cette lettre, je
dois la croire de vous, et je suis persuadée par con-

séquent que vous êtes en Amérique [1]. Je vous félicite d'avoir pris ce parti; vous pouvez vous souvenir que je vous disois, il y a trois ans, que c'étoit le meilleur pour vous.

Il me paroît impossible que vous ne sachiez pas que l'on a écrit dans plusieurs papiers françois que vous aviez un *parti* en France et des *partisans* dans les pays étrangers, qui vouloient vous placer sur le trône. Si vous ignoriez ce fait, ce seroit vous rendre un très grand service que de vous en instruire.

Pendant les dix années de soins si constans que je vous ai consacrés, j'ai eu le temps d'étudier et de connoître votre caractère, et je n'y ai jamais démêlé le moindre genre d'ambition; je m'en applaudissois, certaine que vous en seriez plus vertueux et plus heureux. Depuis votre éducation finie, dans les trois années où nous avons eu ensemble des rapports si tendres et si intimes, je vous ai vu constamment le patriotisme le plus exalté, le désintéressement le plus pur et le plus vrai, et la plus parfaite droiture de sentimens. Vous m'avez écrit des volumes de lettres pendant mon séjour en Angleterre. Je les avois confiées à Paris à un ami

---

1. Le jeune prince, nous l'avons dit plus haut, voyageait alors dans le nord de l'Europe; il ne partit pour les États-Unis qu'au mois de septembre suivant.

qui me les a renvoyées; je les ai toutes, ainsi que
celles que vous m'avez écrites dans les premiers
temps de notre séjour en Suisse, entre autres celle
que vous m'écrivîtes au moment où nous entrâmes
au couvent, et dans laquelle vous me montriez
une si vive reconnoissance de ce que j'avois eu le
bonheur de pouvoir faire pour vous en quittant
Zug, et de ce que je me dévouois à votre malheureuse sœur dont j'étois alors l'unique ressource.

Je conserverai ce recueil de lettres toute ma vie.
On y voit sans doute quelquefois des principes
exagérés et quelques idées peu réfléchies, légers
défauts si excusables à votre âge; on y voit aussi
qu'à cet égard nous n'étions pas du même avis;
mais, malgré ces petites différences d'opinion, je
trouve, en relisant ces lettres, la récompense de
tout ce que j'ai fait pour vous. Je trouve la certi-
tude que vous êtes incapable de vous prêter aux
desseins qu'on vous suppose.

Vous aviez vingt ans quand vous écrivîtes les
dernières lettres de ce recueil... Vous aviez vingt
ans !... Peut-on se démentir ensuite à vingt-trois,
à moins d'une foiblesse absolument inexcusable ?
Non, j'en suis certaine, le fond de votre cœur, vos
principes et vos opinions sont les mêmes. Vous !
prétendre à la *Royauté !* devenir usurpateur, pour
abolir une République que vous avez reconnue,

que vous avez chérie, et pour laquelle vous avez
combattu vaillamment! Et dans quel moment!
Quand la France s'organise, quand le gouvernement s'établit, quand il paroît se fonder sur les
bases solides de la morale et de la justice! Quel
seroit le degré de confiance que la France pourroit
accorder à un *Roi constitutionnel* de vingt-trois ans
qu'elle auroit vu deux ans auparavant ardent répu-
blicain et le partisan le plus enthousiaste de l'éga-
lité? Un tel roi ne pourroit-il pas, tout aussi bien
qu'un autre, abolir insensiblement la constitution
et devenir despote? D'après les idées reçues en
général, il y a moins d'intervalle de la royauté,
quelle qu'elle soit, au despotisme, que du gouvernement démocratique à la royauté la plus mitigée.

Pourriez-vous, en montant sur ce trône san-
glant et renversé, vous flatter même de donner la
paix à la France? Non sans doute. La prolonga-
tion de la guerre extérieure, et, de plus, la guerre
civile dans toutes les parties de l'empire, seroient
les funestes fruits de cette odieuse usurpation. La
France, en reprenant la royauté, légitime elle-
même les prétentions du frère de Louis XVI. Si
le trône est relevé, c'est à lui qu'il appartient; en
vous y plaçant, vous n'y porteriez jamais que le
plus odieux de tous les titres; de nouvelles fac-
tions vous en chasseroient, et vous trouveriez alors

dans l'exil et la proscription les seuls malheurs
que vous n'ayez point encore éprouvés, et les
seuls qui soient insupportables, le déshonneur et
le remords. D'ailleurs, quand vous pourriez lé-
gitimement et raisonnablement prétendre au trône,
je vous y verrois monter avec peine, parce que
vous n'avez, à l'exception du courage et de la
probité, ni les talens ni les qualités nécessaires
dans ce rang. Vous avez de l'instruction, des lu-
mières et mille vertus; chaque état demande des
qualités particulières, et vous n'avez point celles
qui font les grands rois.

Vous êtes fait par vos goûts et par votre caractère pour la vie sédentaire et privée, pour offrir
le touchant exemple de toutes les vertus domestiques, et non pour représenter avec éclat, pour
agir avec une activité constante, et pour gouver-
ner un grand empire.

Je suis sûre, Monsieur, que vous pensez tout
ce que je viens d'exprimer, et je me flatte que
les personnes qui vous entourent et les amis que
vous avez choisis sont incapables de chercher à
vous inspirer une ambition qui seroit aussi ab-
surde que criminelle sous tous les rapports. Enfin, je suis intimement persuadée que si ceux qui
vivent avec vous vous donnoient des conseils
différens, ce que je n'ai nulle raison de supposer,

vous les rejetteriez pour ne consulter que votre cœur dont la droiture vous guidera toujours bien.

En faisant imprimer cette lettre, je crois vous rendre un service, parce qu'elle peut servir à dissuader ceux qui, contre toute apparence, veulent faire de vous un chef de parti. On doit naturellement croire que votre institutrice peut mieux qu'un autre connoître votre caractère, et j'ose répondre que vous avez horreur des projets qu'on vous attribue. Rien jusqu'ici dans votre conduite n'a dû raisonnablement fonder cette opinion extravagante; vous avez bien servi votre patrie, vous avez fui pour éviter la mort qu'un tyran sanguinaire vous préparoit; vous avez vécu depuis dans l'obscurité, sans jamais chercher à vous faire des partisans, vous êtes pur et irréprochable; conservez toujours ce bonheur, le seul qui vous reste et qui vous rend si digne d'exciter l'intérêt des âmes sensibles et vertueuses.

J'ai voulu aussi, en publiant cette lettre, faire connoître à mes concitoyens des sentimens et une manière de penser qui puissent me mettre moi-même à l'abri de toute calomnie, et réfuter celles dont on a déjà voulu me noircir, ainsi que vous. Si je n'ai pas fait cette démarche il y a quelques mois, c'est que je voulois rester ignorée dans la

solitude que j'ai choisie. Je n'avois aucun intérêt
à me cacher, mais mon goût me faisoit désirer une
retraite absolue, et ma situation m'en fait un devoir. J'ose croire que ma conduite, mes sentimens, mes écrits et mes malheurs m'assurent le
droit de trouver partout une hospitalité géné-
reuse; je puis taire mon nom, mais je n'ai nulle
raison de le désavouer. On a découvert l'asile
où je me suis réfugiée ; j'y suis maintenant
sous la protection du gouvernement, qui a daigné
m'autoriser, de la manière la plus honorable et la
plus flatteuse, à m'y fixer, si je le désire.

Enfin, je sollicite mon rappel en France, dési-
rant vivement y retourner pour revoir ma fille
et mes petits-enfans, et pour aller à Marseille
offrir à vos infortunés frères quelques consolations
et tous les soins de l'amitié [1].

Voilà, Monsieur, les motifs qui ont inspiré
cette démarche et ceux qui me l'ont fait différer.
Je conçois qu'elle me feroit d'irréconciliables ennemis s'il étoit vrai qu'il y eût des gens qui, à
votre insu, eussent le coupable espoir de vous

---

1. Les jeunes ducs de Beaujolais et de Montpensier étaient
alors emprisonnés à Marseille, au fort Notre-Dame de la
Garde, ainsi que la duchesse de Bourbon, leur tante, et le
prince de Conti. Voir les *Mémoires secrets du duc de Montpensier*. Paris, 1834, 1 vol. in-8º.

8.

voir régner un jour; je conçois que dans ce cas cette lettre si franche et si positive pourroit faire éclore quelques nouveaux libelles contre moi. Je sais dédaigner des calomnies absurdes, des imputations extravagantes, non seulement faites sans preuves, mais dénuées de toute vraisemblance, et évidemment produites par la haine et le ressentiment. Cependant ces nouvelles méchancetés anonymes (car je n'en éprouve que de ce genre) me feroient une peine véritable, parce qu'elles pourroient vous compromettre aux yeux de ceux qui jugent sans réflexion, et que je suis sûre d'avance qu'elles vous affligeroient vivement. Au reste, il seroit bien injuste de vous rendre responsable des folies de quelques ambitieux obscurs, et c'est, j'ose l'espérer, ce que ne feront point les personnes impartiales et raisonnables.

Adieu, Monsieur. Consacrez-vous à l'heureuse et douce obscurité qui convient à vos malheurs et à votre situation. Vous porterez dans la solitude de déchirans souvenirs; mais vous pourrez aussi vous en retracer de bien doux. Rappelez-vous tant d'actions touchantes de bienfaisance et d'humanité qui, durant le cours de votre éducation, honorèrent tous les jours de votre vie, et qui firent aussi les délices de vos malheureux frères. Rappelez-vous la couronne civique de Vendôme,

Des actions brillantes ont illustré les premiers
pas de votre carrière; mais vous ne pouvez trouver désormais la véritable gloire que dans une
profonde retraite. Aimez toujours votre patrie;
consolez-vous de ses injustices en vous rendant le
témoignage que vous n'avez jamais cessé de la
chérir; non seulement faites des vœux pour sa
prospérité, mais désirez qu'elle soit heureuse de
la manière dont elle veut l'être; enfin, ne vivez
désormais que pour la vertu ; ce sera vivre encore
pour le bonheur.

AU DOCTEUR ALIBERT.

2 mai 1814.

Recevez, Monsieur, tous mes remerciements du
beau présent que vous avez bien voulu me faire.
Il m'est de toute manière très précieux, et je le
relirai avec un vif intérêt; car j'ai un goût parti-
culier pour ces sortes d'ouvrages, quand ils sont
faits avec méthode et écrits avec le style qu'on
trouve dans les vôtres, ce qui est assurément très
rare.

Je suis dans ce moment tout entière à mon

Henri IV, dont j'achève l'histoire et que je veux
donner à l'impression au mois de novembre. Je
n'ai de libre que le samedi, depuis sept heures du
soir jusqu'à dix. La dame russe dont vous me
parlez est bien bonne de vouloir me connoître;
sa curiosité sera bien mal satisfaite. Je dois à votre amitié cette aimable prévention qui m'honore,
et j'en profiterai samedi, si ce jour peut lui convenir. Venez donc aussi me voir. Je vous dirai
comme Bérénice :

Voyez-moi plus souvent, et ne me donnez rien.

Cependant je suis bien loin de dédaigner vos
dons, ils sont aussi intéressans qu'instructifs.

J'ai fait un livre de plantes en miniature, non
pour le public, mais pour moi, et je vous dirai
sans modestie qu'il est très curieux et très joli. Je
veux vous le montrer, mais au jour. Tout ce qui
l'a vu en raffole. Il me manque une mandragore,
le térébinthe et le faux pistachier ou *nez coupé* et
la benoîte. J'ai besoin de ces quatre plantes pour
le compléter. Il faudra que vous me les procuriez,
ce qui me rendra bien heureuse, car c'est mon
seul amusement. J'ai orné cet ouvrage de vi-
gnettes, de culs-de-lampe, etc. Il y a un texte
très curieux par les recherches. J'ai bien envie de
vous montrer ce gros volume. Bonsoir, Monsieur,

j'aurai un grand plaisir à vous renouveler mes remerciemens.

———

AU DOCTEUR ALIBERT.

Ce jeudi au soir.

Sans être du siècle de Louis XIV, nous avions des corps très serrés, des coiffures prodigieusement hautes, et nous ne tombions point en apoplexie. Du temps de Louis XIV les coiffures étoient très basses; c'est plus anciennement qu'elles furent si élevées. On ne s'enivra que sous la Régence, et l'on s'enivre davantage en Angleterre. Ainsi, il me faut d'autres raisons. Ce qu'il y a de sûr, c'est que l'observation est parfaitement vraie. On ne mouroit alors que de la petite vérole ou d'apoplexie. Ajoutez à cela que la médecine d'alors des grands médecins étoit de purger et de saigner régulièrement *de précaution*. Au reste, ces apoplectiques vivoient communément jusqu'à quatre-vingt-six ou quatre-vingt-dix ans; mais communément encore, si l'on mouroit jeune, c'étoit d'apoplexie. Cela est très remarquable, et vous me devez cette observation.

Moi, je crois tout simplement qu'on étoit plus sage, qu'on avoit plus de vigueur, qu'on étoit plus sanguin, comme certainement la taille étoit plus grande. Les femmes faisoient moins d'exercice; elles ne marchoient point; et peut-être que ce système de saignées *de précaution* a quelque danger que j'ignore, quoiqu'on ne l'employât que pour prévenir l'apoplexie. La nourriture étoit moins légère; on mangeoit beaucoup plus de grosses viandes.

Songez que les coiffures du monde les plus démesurément hautes sont celles des Cauchoises. Elles ne peuvent tourner la tête, et cette coiffure, que j'ai essayée, est très lourde. Cependant les Cauchoises ne sont point apoplectiques. J'ai bien envie de vous voir pour vous contrarier encore là-dessus; j'ai bien du désir de vous présenter ma *Duchesse de La Vallière*, ainsi qu'à M. le comte de Bulk; mais mon maudit procès m'oblige à sortir tous ces jours-ci. Attendez donc encore six ou sept jours pour venir me voir. Je ne me consolerois pas de trouver vos noms en rentrant. Passé le 15 de ce mois, je serai sûrement sédentaire tous les soirs, et ce sera avec plaisir quand je vous attendrai. Adieu, Monsieur. J'espère que vous me dédommagerez de cette longue absence.

A MADAME CABARRUS.

J'envoie donc chercher cette harpe, Madame.
Casimir la gardera jusqu'au moment où vous
voudrez l'entendre chez vous, car il n'aura la
sienne que dans quinze jours au plus tôt. Je voudrois que vous vinssiez me voir un soir où je n'ai
personne, entre sept et huit heures. Je vous mon-
trerois dans quel état j'ai l'oreille et tout un côté
de la tête. J'avoue que je crains que vous n'ima-
giniez qu'il y a de ma part de la paresse et de la
douilletterie; mais je ne puis en avoir pour vous.
Je sortirai mardi matin pour aller à la préfecture
parce que j'y vais fagotée d'une manière qui ne
seroit pas présentable le soir, et puis, parce que
cela ne m'empêche pas de me coucher de bonne
heure. Bonsoir, Madame. Ne doutez jamais, même
dans les plus petites choses, de ma sincérité : car
alors vous ne m'aimeriez jamais.

AU COMTE DE B**

5 février 1823.

Permettez-moi, Monsieur, de rappeler à votre souvenir l'infortunée veuve Caret, à laquelle Votre Excellence daigna accorder un secours de 600 francs l'année passée et qu'un an de plus et ses infirmités lui rendent encore plus nécessaire. J'implore donc avec instance cette faveur, qui m'inspirera tant de reconnoissance, et j'ose dire que cette action, Monsieur, est digne d'une bonté telle que la vôtre.

On va faire paroître les *Mémoires de Mme de Bonchamps,* dont je suis l'éditeur, et que j'ai écrits avec la plus scrupuleuse exactitude. J'ai donné cet ouvrage en pur don à M. le marquis de Bouillé qui en emploiera le produit au profit des indigens de la Vendée. Il seroit à désirer que cet ouvrage fût envoyé aux militaires de l'armée qui doit aller en Espagne. Il semble fait exprès pour eux. L'édition sera très soignée et ornée d'estampes. Je m'empresserai de faire hommage à Votre Excellence du premier exemplaire qui me sera donné.

J'ai l'honneur, etc.

A MONSIEUR D**

12 janvier 1824.

Je n'ai pas, Monsieur, l'honneur d'être connue de vous, et je vais prendre la liberté de vous demander une grâce qui feroit bien véritablement le bonheur de mes derniers jours. Telle est, Monsieur, la confiance qu'inspirent votre caractère et votre réputation.

Mon élève Casimir Bocker, pour lequel j'ai une affection de mère, qu'il mérite à tous égards, désire, de préférence à tout, une place de directeur d'une prison ou d'un hôpital à Paris, que ses affaires et même ses devoirs ne lui permettent pas de quitter; une place équivalente, par exemple, à celle de Poissy. J'ose dire que personne n'occuperoit plus dignement que lui une telle place, puisqu'elle seroit entièrement dans ses goûts, dans ses habitudes, et qu'il en rempliroit les devoirs avec toute l'exactitude de la probité unie à l'intelligence, et tout le zèle que peuvent donner l'inclination et les sentimens les plus religieux.

Voilà sans doute, Monsieur, les meilleures recommandations auprès de vous, et leur parfaite véracité vous sera certainement confirmée si vous

9

daignez prendre des informations sur le caractère, le royalisme, la conduite de ce vertueux jeune homme, qui aura trente-quatre ans le 4 mars prochain. Si j'ai le bonheur d'obtenir de vous la grâce que je sollicite, ma reconnoissance sera proportionnée au prix infini que j'y attache.

Agréez, Monsieur, l'assurance, etc.

A MONSIEUR BOSSET.

Mercredi soir.

Voilà un avertissement que je demande en grâce qui soit mis à la tête du numéro de ce mois. M. Leroy m'a dit hier qu'il viendroit le chercher ce matin et que le journal auroit encore besoin d'une page de plus ; la voici dans ces admirables citations. S'il faut encore quelque chose de plus, je le donnerai.

Le dernier numéro plaît tellement dans la Société que je suis sûre que nous aurons bientôt plusieurs abonnés de plus. J'en attends aussi sûrement de Bruxelles. Je n'ai encore vu aucune épreuve ; il ne faudroit plus perdre de temps pour me les envoyer, et tâcher que tout le monde soit servi le 15. De là dépend une grande partie du succès.

Je supplie M. Bosset de vouloir bien m'envoyer demain matin, depuis dix heures que je me lève, les 200 francs de ce mois-ci. Je déménage et j'en ai absolument besoin. Je quitterai ce logement vendredi ou samedi, au plus tard. Quelles sont les devises qu'on donnera cette fois-ci? Je voudrois bien dorénavant les choisir; cela n'est pas indifférent : ces devises plaisent extrêmement à toutes les femmes.

AU LIBRAIRE MARADAN.

Mon cher Maradan, je dirai, comme la vieille chanson, qu'il faut en *revenir toujours à ses vieilles amours*. Je trouve bien, comme je vous l'ai dit et comme j'en étois sûre, 5,000 francs, mais avec des termes de payemens qui ne me conviennent pas. Ainsi, terminons ensemble. J'ai mis le manuscrit en ordre, il n'y manque pour finir qu'une dizaine de pages que je vous donnerai sous trois jours. Vous aurez l'ouvrage le plus intéressant, le plus piquant et le plus origi-

nal que j'aie jamais fait. Je vous envoie un billet
de M. Pieyre, qui porte là-dessus le jugement de
l'homme du monde qui a le plus d'esprit, de goût
et de sévérité, le comte de Rochefort. Une des
choses qui me décident à vous le donner, c'est
que vous saurez mieux qu'un autre le faire valoir,
et qu'ayant dit l'idée si neuve du sujet à trois
personnes qui en sont enthousiasmées, elles fini-
roient par le dire, et on me prendroit cette idée.
J'ai mille raisons pour désirer qu'il ait un grand
éclat, outre un grand débit, et surtout à cause de
la *dédicace*. Je ferai ce que je n'ai jamais fait :
je me donnerai beaucoup de soins pour cela, et
j'ai pour cette fois de grands moyens.

Venez demain mardi, entre une et trois heures,
ou entre six et neuf du soir. Bonsoir, mon ami.
Redevenez mon *bon* Maradan. Vous ne vous en
trouverez pas mal.

AU LIBRAIRE MARADAN.

Voilà la lettre, mon ami, et tout ce que vous m'avez
demandé. Tâchez d'en faire faire deux bonnes
petites annonces *amicales* et bien promptes dans
le *Journal des Arts* et celui des *Curés*, tandis

qu'il existe, en louant l'indication du parallèle de
l'Arioste et du Tasse, et du morceau sur la rapidité du style. Une demi-page peut contenir cela.
Notre ami Migée feroit cela en une demi-heure ;
cela feroit toujours un bon effet.

L'article sera reçu sans difficulté dans le *Journal des Arts*. Pour les faire enrager, il faut y
louer surtout le talent de critique ; par là-dessus,
un bon roman bien brillant, bien net et bien
vrai, et nous verrons... Arrangeons donc nos petites affaires pour *Moïse*, et les 600 francs du
Siège de la Rochelle, et puis pour cet ouvrage de
critique. Tout ce que vous voudrez ; mais voici
les époques où j'aurai véritablement besoin d'argent. Le 24 octobre prochain, si l'affaire de ce
graveur se fait, je vous en tiendrai quitte, car
j'ai fait ce travail et très bien en douze jours ; mais
il faut que cela se décide promptement. Après
cela, il me faudra encore de l'argent *de plus*, au
mois de février, où je vous donnerai mon roman,
et le 2 avril. Il me faudra du 25 février au 2 avril
2,800 francs. Vous arrangerez le reste comme
vous voudrez ; et si je m'arrange avec le graveur,
je ne vous demanderai rien de surplus pour le
mois d'octobre, c'est-à-dire sur les nouveaux
ouvrages, celui de la *Biographie Moïse*, le roman et le *Siège de la Rochelle*. Vous pourrez

9.

mettre les payemens en queue après le mois de mai. Arrangez donc tout cela, et les prix et les temps. Vous ne fixerez rien pour le roman, mais vous n'oublierez pas que vous le recevrez en février. Il ne s'agit que de régler pour les autres, et de savoir que mes époques de besoin seront octobre, et ensuite 2,800 francs du 24 février au 2 avril.

Je vous prie, mon ami, d'envoyer promptement à Prudhon, un exemplaire, à qui je l'ai promis. Je voudrois bien qu'on en fît parvenir un à M. Lally-Tollendal. Je ne sais où il est.

CARACTÈRE ET APTITUDES

DES

ÉLÈVES DE Mᵐᵉ DE GENLIS

L n'est pas sans intérêt de faire connaître l'opinion qu'avait conçue Mᵐᵉ de Genlis du caractère et des aptitudes de chacun de ses élèves, c'est-à-dire de chacun des trois jeunes princes d'Orléans et de leur sœur, dont l'éducation lui avait été confiée.

D'abord l'aîné, le duc de Valois, alors âgé de huit ans, lui parut distrait, volontaire, inappliqué ; mais ce prince, qui devait être un jour le roi Louis-Philippe, se distingua bientôt par une rare intelligence en toutes choses, notamment dans ses compositions littéraires qui, dit-elle, « annonçoient déjà cet esprit d'ordre, cette raison et cette

droiture de sentimens qui formoient le fond de
son caractère ». Elle cite un trait de lui qui mérite d'être retenu. Enfant encore, il lui écrivit
une lettre par laquelle il lui déclarait que : « jusqu'à la fin de son éducation, il consacreroit l'argent de ses menus plaisirs à des actes de bienfaisance [1] ».

« Le duc de Montpensier, ajoute-t-elle, avoit dans
son style une élégance naturelle que je n'ai jamais vue à aucun autre enfant... Il étoit peu
communicatif, mais son âme étoit sensible et gé-
néreuse, et, comme je l'ai dit, il y avoit une élégance naturelle dans toute sa personne et quelque
chose de romanesque dans sa figure, son caractère et ses manières [2]. »

Le dernier des trois frères, le duc de Beaujolais,
était, selon l'institutrice, charmant de figure,
d'esprit et de caractère ; « ses défauts mêmes étoient
aimables, chose que je n'aime pas qu'on dise,
mais qu'il étoit impossible de ne pas trouver
en lui ».

Ces deux princes moururent en exil, à un an
d'intervalle l'un de l'autre (1807, 1808), à l'âge de
vingt-huit et trente-deux ans.

---

1. *Mémoires*, t. III, p. 150, 161, 289.
2. *Ibid.*, p. 161, 164.

Quant à Mademoiselle d'Orléans, Mme de Genlis en fait l'éloge le plus complet. « Je puis dire avec vérité, écrit-elle, que je n'ai jamais connu un seul défaut à Mademoiselle d'Orléans. Elle avoit naturellement une vive piété et toutes les vertus. Elle faisoit des fautes, mais, je le répète, elle n'avoit pas un seul défaut, c'est-à-dire un mauvais penchant ou une mauvaise qualité dominante. Je n'ai aucun intérêt d'amour-propre à convenir de cette vérité, puisque j'aurois beaucoup plus de mérite à l'avoir élevée, si la nature ne lui avoit pas donné un caractère aussi parfait. Elle avoit de l'esprit, et cet esprit ressembloit beaucoup à celui de son père ; il a particulièrement de la finesse et de l'à-propos, ce qui, réuni à la sagesse, à la raison et à la bonté, forme une personne aussi aimable à rencontrer qu'elle est attachante dans le commerce intime de la vie [1]. »

1. *Mémoires*, t. III, p. 163, 164.

BIBLIOGRAPHIE

DE MADAME DE GENLIS

1779. *Théâtre à l'usage des jeunes personnes, ou Théâtre d'éducation.* 7 vol. in-8.

1781. *Théâtre de Société.* 2 vol. in-8.

1782. *Annales de la Vertu, ou Cours d'histoire à l'usage des jeunes personnes.* 2 vol. in-8.

1782. *Adèle et Théodore, ou Lettres sur l'éducation.* 3 vol. in-8.

1784. *Les Veillées du Château, ou Cours de morale à l'usage des enfans.* 3 vol. in-8.

1787. *La Religion considérée comme l'unique base du bonheur et de la véritable philosophie.* In-8.

1787. *Pièces tirées de l'Ecriture sainte.* In-8.

1790. *Discours sur la suppression des couvens de religieuses et sur l'éducation publique des femmes.* In-8.

1790. *Discours sur l'éducation de Monseigneur le Dauphin.* In-8.

1791. *Leçons d'une Gouvernante à ses élèves, ou Fragmens d'un Journal qui a été fait pour l'éducation des enfans de M. le duc d'Orléans.* 2 vol. in-12.

1791. *Discours sur l'éducation publique du peuple.* In-8.

1791. *Nouveau Théâtre sentimental.* In-8.

1791. *Discours sur le luxe et l'hospitalité.* In-8.

1795. *Les Chevaliers du Cygne, ou la Cour de Charlemagne.* Hambourg, 3 vol. in-8.

1796. *Epître à l'asile que j'aurai, suivie de deux fables, du chant d'une jeune sauvage,* d'une Epître à Henriette de Sercey, ma nièce, et des réflexions d'un ami des talens et des arts. In-8.

1796. *Précis de la conduite de Madame de Genlis depuis la Révolution.* In-12.

1797. *Discours moraux et politiques.* In-8. (C'est la réunion des discours que nous venons de rapporter.)

1798. *Les Petits Emigrés, ou Correspondance de quelques enfans.* 2 vol. in-8.

1798. *Manuel du Voyageur, ou Recueil de dialogues, de lettres,* etc., avec traduction allemande. 2 vol. in-8.

1799. *Herbier moral, ou Recueil de fables nouvelles et autres poésies fugitives.* In-12.

1800. *Les Mères rivales, ou la Calomnie.* 3 vol. in-8.

1800. *Le Petit La Bruyère, ou Caractères et Mœurs des enfants de ce siècle.* In-8.

1800. *Nouvelle Méthode d'enseignement pour la première enfance.* In-12.

1800. *Les Vœux téméraires.* 3 vol. in-12.

1801. *Projet d'une école rurale pour l'éducation des filles.* In-8.

1801. *Nouvelles Heures, à l'usage des enfans.* In-12.

1802. *Mademoiselle de Clermont,* nouvelle historique. In-18.

1802. *Nouveaux Contes moraux et Nouvelles historiques.* 3 vol. in-12.

(Il en a paru depuis trois autres volumes.)

1804. *Les Souvenirs de Félicie L***.* In-12.

1804. *La Duchesse de La Vallière.* In-8, ou 2 vol. in-12.

1804. *Réflexions sur la miséricorde de Dieu,* par Mᵐᵉ de La Vallière. Nouvelle édition, in-12.

1804. *Les Monumens religieux, ou Description critique et détaillée des monumens religieux, tableaux, statues de grands maîtres,* etc., qui se trouvent actuellement en Europe et dans les autres parties du monde. In-8.

1805. *Le Comte de Corke,* suivi de six nouvelles. 2 vol. in-12.

1806. *Alphonsine.* 2 vol. in-8.

1806. *Madame de Maintenon.* In-8.

1807. *Suite des Souvenirs de Félicie.* In-12.

1808. *Le Siège de la Rochelle.* In-8.

1808. *Saint-Clair, ou la Victime des sciences et des arts.* In-18.

1808. *Bélisaire.* In-8.

1809. *Alphonse, ou le Fils naturel.* 3 vol. in-12.

1810. *Arabesques mythologiques.* 3 vol. in-8.

1810. *La Maison rustique.* 3 vol. in-8.

1810. *La Botanique historique et littéraire.* In-8.

1811. *De l'Influence des femmes sur la littérature françoise.* In-8.

1811. *Observations critiques pour servir à l'histoire de la littérature au XIXe siècle.* In-8.

1811. *Examen critique de l'ouvrage intitulé : Biographie universelle.* In-8.

1811. *La Feuille des gens du monde, ou le Journal imaginaire.* In-8.

1811. *Les Bergères de Madian, ou la Jeunesse de Moïse,* poème en prose, en six chants. In-12.

1813. *Mademoiselle de La Fayette, ou le Siècle de Louis XIII.* In-8.

1814. *Les Ermites des M~ ~ Pontins.* In-8.

1815. *Histoire de Henri le ᴗ. and.* 2 vol. in-8.

1816. *Jeanne de France.* 2 vol. in-12.

1816. *Le Journal de la Jeunesse.* In-12.

1816. *Les Battuécas.* 2 vol. in-12.

1817. *Abrégé des Mémoires du marquis de Dangeau.* 4 vol. in-8.

1817. *Tableaux de M. le comte de Forbin, ou la Mort de Pline l'Ancien et Inès de Castro,* nouvelles composées sur les mêmes sujets. In-8 et in-12.

1817. *Zuma, ou la Découverte du quinquina,* suivie de plusieurs autres contes. In-12.

1818. *Dictionnaire critique et raisonné des étiquettes de la Cour, des usages du monde, des amusements, des modes, des mœurs, etc., des François, depuis la mort de Louis XIII jusqu'à nos jours.* 2 vol. in-8.

1818. *Voyages poétiques d'Eugène et d'Antonine.* In-12.

1819. *Les Parvenus, ou les Aventures de Julien Delmours,* écrites par lui-même. 2 vol. in-8, ou 4 vol. in-12.

1819. *Pétrarque et Laure.* In-8.

1819. *Almanach de la Jeunesse,* en vers et en prose. In-18.

1820. *Émile, ou de l'Éducation,* par J.-J. Rousseau, à l'usage de la jeunesse, avec des retranchemens, des notes et une préface. 3 vol. in-12.

1820. *Catéchisme critique et moral,* par l'abbé Flexier de Reval, avec une préface et des notes de Mme de Genlis. 2 vol. in-12.

1820. *Siècle de Louis XIV.* 3 vol. in-12.

1821. *Palmyre et Flaminie, ou le Secret.* In-8.

1821. *Prières, ou Manuel de piété proposé à tous les fidèles, et particulièrement aux maisons d'éducation.* In-12.

1821. *Les Jeux champêtres des enfans*, contes de fées, pour faire suite aux *Veillées du Château*. In-12.

1821. *Six Nouvelles morales et religieuses.* In-12.

1822. *Les Dîners du baron d'Holbach*, dans lesquels se trouvent rassemblés sous leurs noms une partie des gens de la cour et des littérateurs les plus remarquables du XVIIIe siècle. In-8.

1824. *Les Prisonniers*, contenant six nouvelles et une notice historique pour l'amélioration des prisons. In-8.

1824. *Les Athées conséquents, ou Mémoires du commandeur de Linanges.* In-8.

1825. *Mémoires inédits de* Mme *la comtesse de Genlis sur le XVIIIe siècle et sur la Révolution françoise depuis 1756 jusqu'à nos jours.* 8 vol. in-8.

1828. *Les Soupers de la maréchale de Luxembourg.* In-8.

Madame de Genlis a encore rédigé les *Mémoires* de Mme de Bonchamps et publié une *Notice* sur Carmontel, en tête de ses *Proverbes* et *Comédies* posthumes (1825). 3 vol. in-8. Enfin, elle a rédigé l'*Intrépide*, journal dont il n'a paru qu'une livraison.

OPINIONS

DE MADAME DE GENLIS

E<small>N</small> terminant, et sous forme de résumé, il nous semble curieux de faire passer sous les yeux du lecteur quelques-unes des critiques, littéraires et autres, auxquelles Mme de Genlis se laissa aller à l'égard de certains de ses contemporains, hommes et femmes, critiques souvent violentes qui soulevèrent contre elle des inimitiés dont l'ardeur ne s'éteignit même pas à sa mort.

Nous reproduirons aussi l'éloge qu'elle fait çà et là de quelques-uns de ses amis, ou mieux des personnes qui étaient de son *église*, qui pensaient comme elle, — car elle eut peu d'amis dans l'acception rigoureuse du mot. — Nous rapporterons aussi les compliments flatteurs qu'elle s'adresse à elle-même, sorte d'égotisme, d'infatuation passée

chez elle à l'état de manie, et qui lui valut peut-
être autant d'ennemis que ses attaques les plus
passionnées, ses traits les plus acrimonieux.

Nous commencerons par ses critiques littéraires. On verra qu'elle ne se bornait pas toujours
à juger l'œuvre et le talent des auteurs livrés à
ses appréciations. Elle descend parfois à des per-
sonnalités envers eux ; elle entre à main armée,
si l'on peut dire, dans leur vie privée et les juge
au point de vue du caractère, de la physionomie
même et des mœurs.

« Le chevalier de Bonnard, rapporte-t-elle, ne
manquoit pas d'esprit. Il faisoit d'assez jolis vers,
mais ayant passé sa vie en province, et n'étant pas
né avec le bon goût qui peut rectifier promptement les habitudes, il avoit un mauvais ton...
Ce ton et des manières très mielleuses l'avoient
rendu fort désagréable à M. le duc de Chartres [1]...
On a cité de M. de Bonnard, assez mal à propos,
selon moi, car on pouvoit mieux choisir, les
quatre vers suivans :

> Ne parler jamais qu'à propos
> Est un rare et grand avantage.

---

[1]. On se rappelle que Mme de Genlis remplaça, en qualité de
gouverneur, le chevalier de Bonnard, qui était alors *précepteur*
des enfants du duc de Chartres, comme nous l'avons dit plus
haut.

10.

Le silence est l'esprit des sots,
Et l'une des vertus du sage.

« Le silence, poursuit Mme de Genlis, n'est ni
une vertu ni un vice, car il peut être criminel
ou vertueux, suivant l'occasion. » (*Mémoires,*
t. III, p. 140.)

Ailleurs, elle dit de Saint-Foix, auteur des
Essais sur Paris et des charmantes comédies de
l'*Oracle* et des *Grâces,* « qu'il avoit un ton
brusque et grossier, un visage affreux et la physionomie la plus rude et la plus sinistre. Une co-
médienne très spirituelle, ajoute-t-elle, Mlle Briant,
disoit de Saint-Foix et du chevalier Bertin, le
poète, qui avoit un visage long et pâle, les joues
pendantes, les yeux éteints et le regard sombre,
que le premier ressembloit au *crime* et le second
au *remords.* Il n'y avoit rien de plus frappant
que ce mot pour ceux qui avoient vu ces deux
figures », fait remarquer avec complaisance
Mme de Genlis... (*Mémoires,* t. Ier, p. 170.)

« Je viens de lire, écrit-elle dans les *Souvenirs
de Félicie* (t. Ier, p. 289) [1], un ouvrage très froid
et très ennuyeux, mais très dévot. Le sujet étoit

---

1. Cet ouvrage, formant deux parties, a été publié chez Maradan, à deux dates différentes : la première partie en 1806, et
la suite en 1807, 2 vol. in-18.

beau ; il est dommage que l'auteur n'ait eu ni assez de profondeur, ni assez d'éloquence pour le bien traiter... Cet ouvrage est de Fontenelle!!! C'est un *Discours sur la Patience*, qui a remporté le prix d'éloquence en 1689. Louis XIV alors étoit dévot....., mais sous le Régent, le même auteur fit l'*Histoire des Oracles !*... Ceux qui aiment la bonne foi, la droiture, ceux qui n'estiment que les hommes sincères et conséquens, ne deviendront jamais les disciples des philosophes modernes, ou du moins ils finiront par se détacher d'eux. J'ai trouvé aussi dans les *Œuvres* de Fontenelle, deux *jolis* vers.

Les voici :

Nuit, Mort, Cerbère, Hécate, Érèbe, Averne,
Noires filles du Styx que la fureur gouverne.

« Le premier vers prononcé vivement, fait un effet charmant à l'oreille :

Nuit, Mort, Cerbère, Hécate, Érèbe, Averne !...

« Quelle harmonie !... On devroit faire répéter ce vers aux jeunes gens qui ont quelques défauts de prononciation ; il leur délieroit parfaitement la langue : car il est plus difficile de le prononcer vite et nettement, que de parler avec des cailloux dans la bouche. »

Elle aimait à répéter les vers suivants composés par un anonyme contre l'auteur de l'*Essai sur le caractère et l'esprit des femmes* :

> Thomas est assommant, quand sa lourde éloquence,
> Souvent pour ne rien dire, ouvre une bouche immense !

« La *bouche immense* de M. Thomas, s'écrie Mme de Genlis, est une expression très plaisante et qui peint à merveille l'emphase de cet écrivain. Nous avons bien encore quelques auteurs qui ouvrent aussi des *bouches immenses* pour dire pompeusement des trivialités, ou pour se louer eux-mêmes, ou pour débiter des phrases inintelligibles. » (*Souvenirs de Félicie*, t. Ier, p. 5o.)

Elle avait des motifs pour ne pas aimer Rivarol, qui, comme on sait, lui avait décoché plus d'une épigramme. Aussi ne laissait-elle échapper aucune occasion de lui rendre *fève pour pois*, comme disait le bonhomme ; et c'était entre eux de bonne guerre.

« Avec un bon cœur, on peut bien naturellement s'attendrir sur les malheurs de ses ennemis ; mais il faudroit une grande perfection de caractère pour ne pas se divertir de leurs ridicules et de leur sottise. Hélas ! j'en suis bien loin : car j'avoue que j'ai été charmée du prospectus que M. de Rivarol vient de publier de son *Diction-*

naire de la langue françoise et de son *Épître à sa maîtresse*, mauvaise imitation de la jolie *Épître à Fanchon*, de M. de Tressan[1]. » (*Souvenirs de Félicie*, t. II, p. 220.)

Revenons à ses *Mémoires* (t. VI, p. 205), où elle enveloppe, dans une espèce de traquenard à double détente, Suard et Garat, son historien.

« J'étois encore chez M. Valence, lorsque parut l'ouvrage de M. Garat sur M. Suard. Il y a bien longtemps que je n'avois lu un ouvrage aussi étrange. Le style, loin d'être celui d'un académicien qui plus d'une fois avoit montré du talent, est presque à chaque page rempli d'incorrections, de fautes de langage et de phrases recherchées et à prétentions... Il est vrai que l'auteur a pris un pauvre sujet de panégyrique. Vouloir présenter M. Suard comme un grand homme, est une singulière idée. Qu'a-t-il fait ? De petits essais littéraires tout à fait oubliés et faits pour l'être, et une très médiocre traduction de l'*Histoire de Charles-Quint*. Quel rôle a-t-il joué ? Aucun. Aussi M. Garat le loue-t-il surtout sur *ses agrémens incomparables dans la société, sur le charme de sa*

---

1. Le *prospectus* et l'*introduction* de ce *Dictionnaire* ont seuls été publiés. Mais Rivarol avait déjà livré au public lettré son *Discours sur l'universalité de la langue française*, qui est un chef-d'œuvre, et Mᵐᵉ de Genlis ne paraît pas en tenir compte.

*conversation et sur ses succès prodigieux dans
le grand monde.* »

Elle n'a pas plus d'indulgence pour Fontanes,
qui était allé la voir trois ou quatre fois à l'Ar-
senal où elle demeurait alors. « Jamais un homme
d'autant d'esprit n'en a moins montré dans la
conversation. On ne peut lui reprocher ce galimatias des nouvelles écoles ; mais il a je ne sais
quelle prétention au ton léger d'autrefois, qui me
paroît manquer de grâce. Comme poète, il a été
au-dessous de sa réputation, n'ayant jamais fait
un grand ouvrage dans ce genre ; comme orateur
au Sénat, on doit le louer d'avoir eu le bon goût
de rejeter les faux brillans et le néologisme, d'a-
voir écrit ses discours avec pureté et beaucoup
d'esprit, d'élégance et d'agrément. Il a montré
dans tous les temps des sentimens religieux, et
c'est un genre de courage qui, de nos jours surtout, ne peut appartenir qu'à un esprit juste et à
une âme élevée. » (*Mémoires*, t. V, p. 325.)

Quand parurent les premières *Méditations* de
Lamartine, Mme de Genlis s'empressa de les sou-
mettre à son examen, et voici ce qu'elle en dit :

«... Dans les poésies de M. de Lamartine on
trouve de l'esprit, du talent, de beaux vers et des
sentimens religieux ; mais le fond de ses *Méditations* est commun ; il s'agit toujours des regrets

causés par la mort d'une *maîtresse adorée ;* les
regrets d'Young (dans ses *Nuits*) sur la mort de
sa fille, sont plus purs et plus touchans. D'ailleurs,
M. de Lamartine n'est pas d'une bonne école, et
l'on rencontre, dans ses *Méditations*, beaucoup
trop de vers ambitieux et des phrases hasardées.
Il seroit bien à désirer qu'un jeune homme, né
avec de si heureuses dispositions et une si belle
âme, attachât plus de prix à deux choses qui as-
sureront toujours la durée des ouvrages : la pro-
priété de l'expression et la clarté. Il se rencontre
malheureusement, parmi les beaux vers de M. de
Lamartine, beaucoup d'expressions impropres,
comme par exemple, celle-ci : *des pas rêveurs ;* et
il y a aussi une de ses *Méditations* qui forme un
morceau complet et fini, et qui ne contient que
d'affreux blasphèmes contre la Providence ; l'auteur réfute victorieusement ces impiétés dans la
Méditation suivante [1] ; mais il auroit dû placer la
réfutation à côté des blasphèmes, et non dans une
pièce de vers séparée. Je suis bien persuadée que
mes éloges ne me feront point pardonner mes
critiques, qui blesseront d'autant plus l'auteur de
ces belles *Méditations*, qu'il est impossible de les

---

1. Il s'agit sans doute des deux *Méditations* intitulées :
l'une, *le Désespoir ;* l'autre, *la Providence à l'homme.*

attribuer à la malveillance, et d'y répondre raisonnablement. M. de Lamartine a fait beaucoup
de lectures dans les salons, et l'on n'a pas manqué d'y applaudir les choses que je condamne ;
car c'est ce qui arrive toujours dans la société.
On y prend l'obscurité, et souvent la plus cho-
quante impropriété de mots et d'expressions pour
du *sublime...* » (*Mémoires,* t. VI, p. 179 et suivantes.)

Mme de Montesson qui épousa plus tard le duc
d'Orléans, était la tante de Mme de Genlis, qui
l'appelait ironiquement sa *tantâtre*, comme on
appelle *marâtre*, une mauvaise mère. C'est dire
que Mme de Genlis avait peu de sympathie pour
sa tante, et les lignes suivantes semblent nous expliquer la cause de cet éloignement.

« Mme de Montesson, dit Mme de Genlis, me
traitoit à merveille, me caressoit à l'excès, mais ne
cherchoit nullement à me faire valoir, surtout
auprès de ma grand'mère, qui jamais n'a demandé à m'entendre chanter et jouer de la harpe.
Jusque-là j'avois gardé dans le monde un profond
silence. Je ne parlois que dans l'intimité ; on ne
louoit en moi que ma harpe et ma figure ; ma réserve et ma timidité faisoient mal augurer de mon
esprit. Quand on questionnoit ma tante à cet
égard, elle répondoit seulement que j'étois une

bonne enfant et naïve comme Mme D..., une femme de trente-six ans, d'une simplicité fameuse... C'étoit ma tante qui me menoit à l'Ile-Adam. Dès le premier jour, Mmes de Luxembourg et de Boufflers la questionnèrent sur mon esprit. Ma tante fit sa réponse ordinaire. La maréchale dit : « Cela est singulier, car elle « fait mentir le proverbe qui dit que les visages « ronds n'ont pas de physionomie : il y a bien de « la finesse dans la sienne. » (*Mémoires*, t. Ier, p. 3o3, 323 et suivantes.)

Nous ne saurions citer, en raison de leur multiplicité et de leur étendue, tous les passages des *Mémoires* de Mme de Genlis, où elle cherche à faire ressortir les ridicules de sa tante. Il paraît certain, du reste, que Mme de Montesson faisait la petite maîtresse, la vaporeuse, la délicate, pour se rendre de plus en plus intéressante aux yeux du duc d'Orléans, dont elle battait alors le cœur en brèche, en habile tacticienne qu'elle était. Depuis quelques jours, elle se disait souffrante, elle dormait peu, ne mangeait pas davantage ; et, sous ce dernier rapport, Mme de Genlis raconte une anecdote plaisante qui met en relief l'esprit d'industrie de sa *tantâtre*, et qu'on nous saura gré de rapporter, en raison de son originalité.

« Il est certain, a écrit Mme de Genlis, qu'en pré-

11

sence du duc d'Orléans, Mme de Montesson faisoit une diète rigoureuse ; mais elle s'en dédom-
mageoit en son absence... Un soir que j'étois chez
elle, et que nous attendions M. le duc d'Orléans,
Mlle Legrand, sa femme de chambre, entra en te-
nant une grande écuelle de vermeil, qui contenoit
une copieuse rôtie au vin. Ma tante, négligem-
ment, et d'un air dégoûté, prit l'écuelle sur ses
genoux, et, par un effort de raison, elle se mit à
manger la rôtie, dont il ne restoit plus que le tiers
lorsqu'on entendit un carrosse entrer dans la
cour. Je me précipite à la fenêtre, et j'annonce
M. le duc d'Orléans. Aussitôt ma tante sonne
avec précipitation... Elle ne songe qu'à se débar-
rasser promptement des débris de la rôtie au vin ;
elle ordonne avec vivacité de l'emporter ; ensuite,
pensant qu'on va rencontrer M. le duc d'Orléans, elle rappelle sa femme de chambre, et lui
dit avec véhémence de mettre la fatale écuelle
avec son couvercle sous son lit. On obéit. Au
même instant les deux battans de la porte s'ouvrent,
et monsieur le duc paroît. Il sentit l'odeur du vin,
et ma tante convint qu'elle en avoit pris une
petite cuillerée. Son air exténué et languissant
durant cette visite me donna plusieurs fois des
envies de rire, que j'eus de la peine à réprimer.
Voilà à quel excès d'abaissement et de puérilité

des desseins ambitieux peuvent conduire une personne d'esprit, lorsqu'elle croit que de tels
moyens sont utiles à ses projets. » (*Mémoires*,
t. II.)

Que Mme de Genlis signale ainsi et montre au
doigt les travers, les faiblesses de sa tante, dont
elle croit avoir à se plaindre, c'est pure affaire de
famille où l'on n'a pas à s'immiscer ; mais quand
il s'agit d'étrangères contre lesquelles elle n'a aucune espèce de grief à articuler, on s'explique
moins son agression, et l'on est fondé à lui demander le motif de sa malveillance ou de son
inimitié.

Par exemple, voici ce qu'elle a dit de deux
femmes, dont l'une, la princesse de Lamballe,
méritait au moins le respect qu'on doit à la sain-
teté du malheur, et l'autre, Mme de Staël, le respect qu'on doit au génie.

« Mme de Lamballe, rapporte Mme de Genlis,
étoit extrêmement jolie, et, quoique sa taille n'eût
aucune élégance, qu'elle eût des mains affreuses,
qui, par leur grosseur, contrastoient singulière-
ment avec la délicatesse de son visage, elle étoit
charmante sans aucune régularité. Son caractère
étoit doux, obligeant, égal et gai, mais elle étoit
absolument dépourvue d'esprit ; sa vivacité, sa
gaieté et son air enfantin, cachoient agréablement

sa nullité. Elle n'avoit jamais un avis à elle...
Elle avoit d'ailleurs beaucoup de petits ridicules
qui n'étoient que des affectations puériles. La vue
d'un bouquet de violettes la faisoit évanouir,
ainsi que l'aspect d'une écrevisse ou d'un homard,
même en peinture. Alors, elle fermoit les yeux
sans changer de couleur, et restoit immobile ainsi
pendant plus d'une demi-heure, malgré tous les
secours qu'on s'empressoit de lui prodiguer,
quoique personne ne crût à ces prétendus éva-
nouissemens. C'est ainsi que je l'ai vue, en Hollande, s'évanouir dans le cabinet de M. Hope,
après avoir jeté les yeux sur un petit tableau fla-
mand qui représentoit une femme vendant des
homards. Une autre fois à Crécy, chez M. le duc
de Penthièvre, après souper, j'étois à côté d'elle,
assise sur un canapé; Mlle Bagarotti[1] contoit des
histoires de revenans, lorsqu'on entendit dans
l'antichambre un valet de chambre bâiller à haute
voix, apparemment en se réveillant. Mme de Lamballe affecta un tel mouvement de frayeur, qu'elle
tomba *évanouie* sur moi, ce qui dura si longtemps
qu'on alla réveiller M. Guénault, chirurgien de
M. le duc de Penthièvre, qui accourut précipi-

---

1. Le chevalier de Boufflers a fait une chanson plaisante sur
cette demoiselle Bagarotti.

tamment en robe de chambre. Comme cet *évanouissement* ne finissoit pas et que j'avois grande
envie d'aller me coucher, je proposai bien haut à
M. Guénault, qui étoit un imbécile, de saigner
du pied la princesse, bien certaine qu'elle revien-
droit de son évanouissement avant la saignée.
M. Guénault objecta qu'il faudroit peut-être at-
tendre encore, à cause du souper ; j'affirmai que
j'avois remarqué que la princesse n'avoit presque
rien mangé. A ces mots, sans hésiter, M. Guénault commanda de l'eau chaude, et, d'un air
triomphant, — car saigner la princesse étoit pour
lui un glorieux exploit, — il proposa d'aller réveiller M. le duc de Penthièvre, qui alloit toujours se coucher avant nous ; mais je m'y opposai.
Enfin, le seau d'eau chaude arriva. M. Guénault s'armoit de sa lancette, lorsque la princesse
reprit *inopinément* toute sa connoissance. Je lui ai
vu faire mille fois des scènes de ce genre. Et, par
la suite, lorsque les attaques de nerfs périodiques,
suivies d'évanouissement, devinrent à la mode,
Mme de Lamballe ne manqua pas d'en avoir de
régulières deux fois la semaine, aux mêmes jours
et aux mêmes heures, pendant toute une année.
Ces jours-là, suivant l'usage des autres malades
de cette espèce, M. Saiffert, son médecin, arrivoit
chez elle aux heures convenues ; il frottoit les

11

tempes et les mains de la princesse d'une liqueur spiritueuse, ensuite la faisoit mettre dans son lit, où elle restoit deux heures *évanouie*. Pendant ce temps ses amis intimes, rassemblés ce jour-là, formoient un cercle autour de son lit, et causoient tranquillement jusqu'à ce que la princesse sortît de sa léthargie.

« Telle étoit la personne, continue Mme de Genlis, que la reine choisit d'abord pour sa première amie! Mais la reine sentit bientôt que Mme de Lamballe étoit hors d'état de donner un conseil utile, et même de prendre part à un entretien sérieux. Ce ne fut donc point par légèreté, comme on l'a dit, que la reine lui ôta sa confiance; elle la jugea avec beaucoup de discernement. En même temps, la reine lui conserva tous les droits apparens de l'intimité, et la place de surintendante de sa maison, place recréée pour elle... » (*Mém.*, t. II, p. 284 et suiv.)

Arrive le tour de l'immortelle Corinne :

« Puisque je parle de la littérature dans cet ouvrage, je dois y consacrer un article à Mme de Staël. Je ne l'ai critiquée dans mes ouvrages que parce qu'elle a attaqué ouvertement dans les siens la morale et la religion; sans cela, je n'aurois censuré qu'en général l'incorrection et l'obscurité de son style, mais je n'aurois jamais cité une partie

des phrases ridicules qui se trouvent en si grand
nombre dans ses écrits. Je n'ai jamais fait ces critiques qu'en employant tous les ménagemens de
l'honnêteté sociale, et en parlant toujours avec
estime de sa personne et de son caractère. Mme de
Staël eut le malheur d'être élevée dans l'admiration du phébus, de l'emphase et du galimatias.
La diction ampoulée de M. Thomas fut pour elle,
dès sa première jeunesse, le type de l'éloquence.
Elle joignit à ce malheur celui d'avoir toujours
négligé la lecture des grands écrivains du siècle de
Louis XIV; elle avoit fort peu d'instruction réelle,
et n'avoit jamais fait une étude sérieuse de la
langue françoise, dont elle a toujours ignoré les
règles les plus connues, comme on peut le voir
dans ses premiers ouvrages et dans beaucoup de
passages des derniers. C'est ainsi qu'elle écrivoit :
Qu'il est doux d'aimer et de l'être! et qu'il lui
arrivoit fréquemment de féminiser des mots mascu-
lins; par exemple, c'est moi qui, dans une de mes
critiques imprimées, lui ai appris que l'on dit un
charmant épisode, et non une *charmante épisode.*
Le premier ouvrage qui ait commencé la réputation de Mme de Staël fut celui qui est intitulé :
*De l'influence des passions sur les nations et sur
les individus.* Le but est de prouver l'utilité des
passions. C'était la doctrine des encyclopédistes,

qui entourèrent l'enfance et la jeunesse de Mme de Staël. Il faut pardonner à sa mémoire ces principes pernicieux : on les lui avoit inspirés dès le berceau. Mme Necker, sa mère, étoit philosophe sans le savoir. M. Necker étoit antiphilosophe par la droiture de son caractère, mais philosophe par la fausseté de son esprit... Le premier roman de Mme de Staël, *Delphine,* n'eut aucune espèce de succès. Il ne pouvoit en avoir à aucun égard. Celui de *Corinne,* ainsi que tous les ouvrages de Mme de Staël, n'eut pas davantage le succès du débit. . Avec tous les défauts de style que l'auteur a toujours conservés, ce roman passe pour son meilleur ouvrage, mais il manque d'invention, de vraisemblance et d'intérêt... Mme de Staël, dans son dernier ouvrage posthume, en parlant de Henri IV, s'est servie du portrait que j'ai tracé de ce prince; elle dit que Henri fut de tous nos rois *le plus françois :* les journalistes, en parlant de ce trait, l'ont cité comme sublime. Il est pris de mon ouvrage, et l'on n'en avoit point parlé, quand mon *Henri IV* parut. Tel est l'esprit de parti... » (*Mém.*, t. V, p. 205, 346 et suiv.)

Maintenant veut-on avoir une idée de sa manière de juger les gens du monde avec lesquels elle entretenait des relations, et les personnes qui, sans former sa société habituelle, se trouvaient souvent

avec elle dans les salons? En voici quelques échan-
tillons :

« Quoique j'aie naturellement, dit-elle, beaucoup d'indulgence et de bienveillance dans le
cœur et dans le caractère, il y eut cependant alors
dans le grand monde deux personnes pour lesquelles je sentis une véritable antipathie. L'une
étoit le comte de Coigny, frère du duc et du chevalier; il me poursuivoit partout, et plus je le
voyois, plus il m'étoit odieux. Il avoit un visage
que l'on pouvoit trouver beau, si un visage peut
l'être avec des narines écartées et l'expression de la
méchanceté. Son regard étoit fixe, curieux et
questionneur. J'ai toujours détesté ce regard-là.
Un regard qui s'applique sérieusement à vous
pénétrer éveille la crainte et la défiance, alors même
qu'on n'a rien à cacher. Il ne manquoit pas d'esprit, mais cet esprit étoit sec, caustique et mordant : il étoit bien assorti à son âme...

« L'autre personne, dont le seul esprit me
repoussoit, étoit Mme de Cambis, sœur du prince
de Chimay et de Mme de Caraman. Elle avoit
trente-quatre ou trente-cinq ans et tous les genres
de prétentions; elle étoit fort marquée de la petite
vérole, ses traits étoient communs, sa taille assez
belle; elle avoit l'air le plus dédaigneux et le plus
impertinent qu'on ait jamais osé porter dans le

monde. Ses amis prétendoient qu'elle avoit beaucoup d'esprit et le talent de dire des mots ingénieux. En voici un : quelqu'un louoit devant elle ma gaieté, elle reprit : *Oui, une gaieté de jolies dents.* Voulant dire que je ne riois que pour faire voir mes dents, ce qui étoit fort injuste : car je n'ai jamais eu la moindre affectation, et celle-là est une des plus déplaisantes que l'on puisse avoir. Mme de Cambis faisoit, dit-on, de jolis vers; je n'ai connu d'elle en ce genre qu'un couplet de chanson fort méchant, mal rimé, mal tourné et sans aucun sel, qu'elle avoit fait sur ma tante et sur le duc de Guines. » (*Mém.*, t. II, p. 32.)

Du reste, Mme de Genlis savait trouver sous sa plume des couleurs aimables lorsqu'elle voulait peindre les personnes qui lui agréaient; mais souvent dans sa louange, en apparence la plus franche, il y avait, soit une opposition de nuances, soit une restriction, ce qui faisait que le portrait était rarement achevé, ou que le mal et le bien s'y mêlaient parfois à dose presque égale.

« Je fis connoissance avec une femme très remarquable par son esprit et son charmant naturel, Mme la comtesse de La Marck, sœur du duc de Noailles. Elle étoit déjà âgée et dans une grande dévotion; mais jamais la piété ne s'est montrée sous des traits aussi aimables. Je vis chez elle la

belle Mme de Newkerque, depuis Mme de Champce-
netz. Sa beauté commençoit à passer, mais elle
étoit encore charmante. On pouvoit dire d'elle ce
que Mme de Sévigné dit de Mme Dufresnoy, maîtresse de M. de Louvois, *qu'elle étoit toute re-
cueillie dans sa beauté*. Le soin de montrer le plus
petit pied, ses jolies mains, et de varier ses attitu-
des, l'occupoit trop visiblement; si elle avoit eu
des dents remarquables, elle auroit certainement
eu la *gaieté des jolies dents*. Il y avoit à cette époque à la Cour de fort jolies femmes, entre autres la
vicomtesse de Laval et la comtesse Jules, depuis duchesse de Polignac. Cette dernière avoit une vilaine
taille, quoique parfaitement droite, mais petite, sans
délicatesse et sans élégance. Son visage eût été sans
défaut, si elle avoit eu un front passable. Ce front
étoit grand, d'une forme désagréable et un peu
brun, quoique le reste de son visage fût très
blanc... On disoit qu'elle avoit peu d'esprit ; pour
moi, je la trouvois dans la société ni bornée, ni
même insipide.. Mme la princesse de Monaco avoit
alors trente-deux ans ; elle étoit belle encore, surtout par sa fraîcheur ; son visage étoit trop large
et ses traits aplatis. Mme de Serrant avoit encore une grande réputation de beauté. Il y avoit
de la rudesse dans son visage et quelque chose de
commun dans sa taille, ainsi que dans toute sa

personne, et dans son langage des mots vulgaires et des phrases pleines d'affectation. Cependant elle avoit de l'esprit... » (*Mém.*, t. II, p. 33 et suiv.)

Faisant un retour sur les jours les plus troublés de la Révolution, Mme de Genlis déplore le silence que gardèrent alors les écrivains et les poètes, l'exil auquel plusieurs d'entre eux se condamnèrent et la mort qui en atteignit un grand nombre.

« Dans ces temps désastreux, s'écrie-t-elle, je pleurai encore le chantre harmonieux des *Jardins*, le poète illustre qui sut évoquer le génie de Virgile, comme Pope fut inspiré par celui d'Homère. Je vis Delille traîné dans les prisons ; je me le représentai privé de jour et d'espérance, récitant les vers admirables des *Catacombes de Rome...* Grâce au ciel il a survécu au tyran, et j'ai vu depuis, avec joie, ce nom si cher aux Muses sur la liste, — hélas ! si peu étendue, — des gens de lettres qui nous restent. » (*Souvenirs de Félicie*, t. II, p. 213.)

« Je dîne tous les quinze jours chez M. de Buffon, raconte Mme de Genlis dans le même volume, p. 67, et j'y trouve toujours une aimable simplicité. C'est le maître de la maison qui l'inspire. Il en a tant lui-même ! Personne, en sa présence, n'ose montrer de la pédanterie, ou prendre un ton dog-

matique et tranchant. Il n'aime ni les discussions
ni les entretiens scientifiques. Il dit que la conversation doit être un délassement, et que, pour
être agréable, il faut qu'elle soit un peu frivole[1].»

Le portrait que Mᵐᵉ de Genlis fait plus loin de
Mᵐᵉ du Deffand nous paraît assez *nouveau* pour
être reproduit en grande partie. On remarquera
surtout la facilité avec laquelle la narratrice passe
sur la légèreté bien connue des mœurs de Mᵐᵉ du
Deffand pendant sa jeunesse, ce que Mᵐᵉ de Genlis appelle une *conduite* très *philosophique*. La
philosophie a bon dos.

«... Enfin, je pris une courageuse résolution,
dit-elle, et je me rendis le soir même à Saint-Joseph, chez Mᵐᵉ du Deffand. Il y avoit assez de
monde chez elle, et j'aperçus avec plaisir deux ou
trois hommes de ma connoissance. Mᵐᵉ du Deffand me reçut à bras ouverts, et je fus agréablement
surprise en lui trouvant beaucoup de naturel et

---

1. Il y a lieu d'être surpris de la *simplicité* attribuée à Buffon
par Mᵐᵉ de Genlis, pour peu qu'on se rappelle la lettre singulière qu'il lui a écrite et que nous avons rapportée plus haut,
page 69. D'un autre côté, l'abbé Morellet nous apprend, dans ses
Mémoires, que l'illustre auteur de l'*Histoire naturelle* («*pas si
naturelle!*» disait malicieusement Voltaire), questionné par
Mˡˡᵉ de Lespinasse sur le style, lui répondit : « Le style, Mademoiselle!... Oh! diable, le style !... Quand il est question de
clarifier son style, c'est une autre paire de manches. »

l'air de la bonhomie. C'est une petite femme mai-
gre, pâle et blanche, qui n'a jamais dû être belle,
parce qu'elle a la tête trop grosse et les traits trop
grands pour sa taille. Cependant elle ne paroît pas
être aussi âgée qu'elle l'est en effet. Quand on lui
plaît, elle est accueillante, et elle a même des manières très affectueuses. On ne parla chez Mme du
Deffand ni de philosophie, ni même de littérature.
La compagnie étoit composée de gens de différens
états ; les beaux esprits s'y trouvoient en petit
nombre, et ceux qui vont dans le monde y sont
communément aimables quand ils n'y dominent
pas. Mme du Deffand cause avec agrément ; bien
différente de l'idée que je m'étois faite d'elle, jamais elle ne montre de prétentions à l'esprit. Il
est impossible d'avoir un ton moins tranchant ;
ayant très peu réfléchi, elle n'est dominée que par
la seule habitude. Elle eut, dit-on, sans aucun
système, une conduite très *philosophique* dans sa
jeunesse. On étoit alors si peu *éclairé* que
Mme du Deffand fut longtemps, sinon bannie de
la société, du moins traitée avec cette sécheresse
qui doit engager à s'en exiler soi-même. Trente
ans après, la *lumière* commençant à se répandre,
Mme du Deffand crut se rétablir dans le monde en
adoptant des principes qui la justifioient. Elle se
peint très bien elle-même, en disant qu'elle *laisse*

flotter son esprit dans le vague...» (*Souvenirs* t. I, p. 334 et suiv.)

« Mme la comtesse d'Hautpoul m'a envoyé le recueil de ses poésies dédié au roi. Il y a dans ce volume des pièces charmantes, mais quelques-unes sont beaucoup trop familières pour être dé-diées au roi. Elle a eu la bonté de me venir voir, et m'a priée de lui faire un plan de lecture pour un ouvrage d'*extraits historiques* qu'elle prépare pour la jeunesse. Je lui ai répondu que j'en avois donné un dans *Adèle et Théodore*. Elle m'a dit qu'elle le reliroit et en *profiteroit,* ce qui me fit sourire, parce que j'imaginai que ce plan seroit copié sans me citer. C'est un honneur qu'on me fait sans cesse depuis quarante ans. » (*Mém.*, t. VI, p. 299.)

Nous finirons ces citations par un paragraphe où Mme de Genlis se peint personnellement elle-même, résume son action, et cela à l'occasion de quelques articles qui avaient paru dans certains journaux sur un de ses ouvrages. Elle trouvait ces articles incomplets, et elle en prend texte pour faire une espèce d'exposé de son talent, de ses idées, de ses doctrines littéraires et autres.

« *Pétrarque* a paru sur la fin de mon séjour à Carlepont. Aucun de mes ouvrages n'a eu plus de succès dans le public et dans la société. Les

journaux, suivant leur habitude, libéraux ou
royalistes, n'en ont rien dit du tout, ou n'en ont
parlé qu'avec une grande malveillance, très briève-
ment, et sans aucune citation ; mais cependant
ceux qui en ont fait mention (entre autres le *Journal des Débats,* article de M. Hoffman) se sont
accordés, dans tous les partis, à dire, en propres
termes, que j'avois atteint dans cet ouvrage *le
plus haut degré de la perfection du style.* Ce
jugement méritait bien que l'on fît quelques citations, et, comme je l'ai dit, on n'en a fait aucune.
Ceux qui travaillent aux journaux libéraux sont
malveillans pour moi, parce que j'aime la religion
et que j'attaque sans cesse les prétendus philosophes. De petites jalousies et de petites querelles littéraires anciennes et nouvelles, mon indépendance,
l'aversion que j'ai toujours eue pour toute espèce
d'engagement dans un parti, donnent aussi aux
journaux royalistes une constante malveillance
pour moi... Telles sont les injustices que l'on m'a
fait éprouver, sans interruption, dans tout le cours
de ma longue carrière littéraire. Je n'ai eu ni
prôneurs ni *défenseurs,* et, au contraire, dans tous
les temps, tous les partis ont été contre moi, et
parmi les gens qui m'aimoient, il ne s'est pas
trouvé une seule personne qui ait eu le courage
de prendre une plume pour me défendre. Je puis

dire avec vérité, comme auteur, que j'ai eu à me plaindre de tout le monde, excepté du public. Cette singulière phrase est le précis fidèle de ma vie littéraire... Je puis me rendre ce témoignage de n'avoir jamais écrit qu'avec intention morale et religieuse, et de n'avoir jamais fait une seule critique contre ma conscience, et de n'avoir critiqué vivement que ce qui m'a paru pernicieux ou dangereux... Quant à mon influence, j'ose croire qu'elle a été utile à la religion et que, par une faveur particulière de la Providence, ma foible main a porté de redoutables coups à la fausse philosophie. Je me flatte encore d'avoir sur l'éducation publique et particulière une heureuse influence, notamment sur l'étude des langues vivantes que j'ai mise à la mode, sur l'emploi des jeux et des récréations, sur la gymnastique de l'enfance et de la jeunesse, dont j'ai donné les premières idées dans mes *Leçons d'une gouvernante*, etc.. » (*Mém.*, t. VI, p. 152 et suiv.)

Nous nous arrêterons ici. Le lecteur est suffisamment édifié. On remarquera que nous n'avons pas parlé de la haine invétérée et incurable que Mme de Genlis avait vouée aux encyclopédistes, — Voltaire et Jean-Jacques Rousseau en tête. — En fait d'outrages à cet égard, elle a presque trouvé le moyen d'enchérir sur les plus intrépides défen-

seurs du trône et de l'autel (les de Bonald, les
Joseph de Maistre, etc.), et l'on sait combien ce
dernier s'est montré cruel envers Voltaire et Jean-
Jacques Rousseau, surtout à l'égard de Voltaire,
auquel il a lancé la plus sanglante apostrophe
dont on ait jamais souffleté son semblable [1]. Quant
à Mme de Genlis, elle a publié, tout exprès pour
flageller à son aise les encyclopédistes, un volume
intitulé : *Les Dîners du baron d'Holbach,* où elle
les a mis en présence. On y voit d'abord l'amphitryon, puis Diderot, Morellet, d'Alembert, l'abbé
Raynal, l'abbé Galiani, Duclos, etc., etc., auxquels elle fait tenir des discours plus ou moins
hétérodoxes, plus ou moins osés, et cela pour se
donner le plaisir facile de les faire réfuter par
un pseudo-marquis, son compère.

---

1. « D'autres cyniques, écrit Joseph de Maistre, étonnèrent
la vertu, Voltaire étonne le vice. Il se plonge dans la fange, il
s'y roule, il s'en abreuve... Paris le couronna, Sodome l'eût
banni. » *Soirées de Saint-Pétersbourg,* t. I, p. 271 et suiv.

TABLE

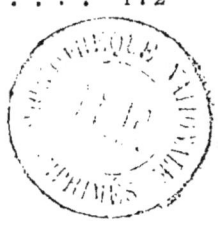

Imprimé par Jouaust et Sigaux

POUR LA COLLECTION DES

CURIOSITÉS HISTORIQUES ET LITTÉRAIRES

PARIS, 1885.

CURIOSITÉS HISTORIQUES

ET LITTÉRAIRES

Les curiosités historiques et littéraires que nous voulons réunir dans cette collection se rapporteront surtout aux trois derniers siècles et au commencement du siècle présent.

Outre les exemplaires ordinaires, imprimés sur beau papier vélin, nous avons aussi des exemplaires numérotés, sur papier de Hollande, papier de Chine et papier Whatman.

EN VENTE

LES ALMANACHS DE LA RÉVOLUTION, par Henri Welschinger . . . . 4 fr.

VOYAGES DE PIRON A BEAUNE, publiés par Honoré Bonhomme . . . . 3 fr. 50

PARADES INÉDITES DE TH.-S. GUEULLETTE, publiées par Ch. Gueullette . . . . 4 fr. 50

Sous presse : *Lettres amoureuses d'Henri IV*, publiées par M. de Lescure.

1522 — Paris, imp. Jouaust et Sigaux, rue Saint-Honoré. 338.